KB172617

야성의 부름

The call of the wild

Jack London

야성의 부름

잭 런던 지음 | 임종기 옮김

문예출판사

차 례

1
원시의 세계로

"방랑을 향한 오랜 동경이 약동하며,
 관습의 사슬에 분노하자,
 야성의 피는
 다시 동면에서 깨어난다."

벅은 신문을 읽지 않았다. 신문을 읽었더라면, 자신만이 아니라 퓨젓 사운드에서 산티아고에 이르는 연안 지방에 사는, 강한 근육에 따뜻하고 덥수룩한 털을 가진 모든 개들에게 시련이 닥치리라는 것을 알았을 텐데. 북극의 암흑 세계를 탐색하던 사람들이 노란 금속을 발견하자 증기선 회사나 운송 회사 들이 그 발견을 요란하게 선전하고 나섰고, 그 바람에, 사람들이 몇천 명이나 그곳으로 몰려들었다. 이 사람들에게는 개가 필요했는데, 그들이 특별히 원하는 개는 고된 일을 이겨낼 강한 근육과 혹한으로부터 제 몸을 보호할

덥수룩한 털을 가진 녀석들이었다.

벅은 산타클라라 밸리의 양지바른 곳에 자리 잡은 큰 저택에 살았다. 그 집은 밀러 판사 댁이라고 불렸는데, 도로에서 얼마간 떨어진 곳에 나무들이 반쯤 가리고 있었다. 그 나무들 사이로 집을 빙 둘러싼 넓고 시원스러운 베란다가 어렴풋이 보였다. 그 집으로 향한 자갈이 깔린 차도는 널찍한 잔디밭을 관통해, 가지가 얽히고설킨 키 큰 포플러 밑으로 구불구불 이어졌다. 저택의 뒤쪽은 전면보다 훨씬 드넓었다. 열두 명이나 되는 마부들과 왁자지껄한 아들들로 북적거리는 커다란 마구간이 여러 채 있었고, 담쟁이덩굴로 뒤덮인 하인들의 오두막집들이 줄지어 섰다. 또한 헛간들이 끝없이 질서정연하게 늘어섰고 길게 이어진 포도밭이며, 푸른 목장, 과수원, 딸기밭이 있었다. 그 밖에 지하수를 퍼 올리는 펌프 시설과 밀러 판사 댁 아이들이 아침마다 뛰어들고 더운 오후면 몸을 식힐 수 있는 시멘트로 된 커다란 물탱크도 있었다.

벅이 이 광대한 영토를 지배했다. 그는 이곳에서 태어나 4년 동안 살아왔다. 사실은 벅 말고도 다른 개들이 여럿 있었다. 이렇게 넓은 저택에 다른 개들이 없을 리 없었지만, 그런 개들은 셈에 들 가치도 없는 놈들이었다. 그들은 복작거리는 개집에 들락거리며 지내거나 저택 한쪽 구석에서 있는지 없는지도 모르게 살아갔다. 그런 놈들 중에 일본 발발이 종인 투츠나 멕시코 종의 털 없는 개 이자벨은 아주 가끔 문 밖으로 콧잔등을 내밀거나 땅에 발을 내딛는

괴상한 놈들이었다. 반면에, 적어도 스무 마리쯤은 되는 폭스테리어들은 빗자루와 대걸레를 든 하녀들의 보호를 받으며 창밖으로 자신들을 바라보는 투츠나 이자벨을 향해 꼭 혼내주고 말겠다는 듯이 무섭게 짖어댔다.

그러나 벅은 집 안에만 있는 개도, 개집에서만 사는 개도 아니었다. 그는 저택의 모든 영역을 마음대로 누볐다. 그는 물탱크에 뛰어들어 헤엄도 치고, 판사의 아들들과 함께 사냥도 나갔다. 그리고 땅거미가 질 때나 이른 아침에 판사의 딸 몰리나 앨리스가 산책에 나설 때면, 동행하기도 했다. 겨울 밤에는 활활 타오르는 서재의 난로 앞에서 판사의 발 밑에 드러눕기도 했다. 판사의 손자들을 등에 태우거나 풀밭에 데굴데굴 굴려주기도 했고, 그 아이들이 마구간 정원에 있는 분수대나 때로는 그 너머 목장이나 딸기밭까지 무모한 모험에 나설 때면, 그들의 걸음걸음을 호위하기도 했다. 폭스테리어들 사이를 지나갈 때면 언제나 발걸음이 당당했고, 투츠나 이자벨 따위는 완전히 무시했다. 그는 사람을 포함해서 밀러 판사 댁의 날고 기는 모든 것들 위에 군림하는 왕이었기 때문이다.

벅의 아버지, 엘모는 덩치가 큰 세인트버나드 종으로, 판사와 떨어질 수 없는 친구 같은 존재였다. 벅은 아버지의 훌륭한 후계자가 될 듯 보였다. 그는 덩치가 그다지 큰 편은 아니었다. 몸무게도 64킬로그램밖에 되지 않았다. 그것은 그의 어머니인 셰프가 스코틀랜드 산 셰퍼드였기 때문이다. 그렇지만 64킬로그램의 몸무게에 흡족

한 삶과 주위 모든 이가 보내는 존경에서 생기는 위엄이 더해지니, 그의 거동에서 왕족다운 기품이 느껴졌다. 그는 어린 강아지 시절부터 4년 동안 쭉 여유로운 귀족 생활을 해왔다. 그는 스스로에 대해 높은 자긍심을 느꼈다. 시골 신사가 고립된 생활 환경 탓에 그렇듯이, 벽 역시 가끔은 조금 자기중심적인 면이 있었다. 그러나 단순히 버릇없는 집개로 전락하지는 않았다. 사냥하고 집 안팎에서 뛰어 놀던 습관으로 비곗살이 붙지 않았고 근육도 단단했다. 그리고 냉수욕을 좋아하는 사람들이 으레 그렇듯이, 벽도 물을 좋아하다 보니 늘 몸이 튼튼했고 건강했다.

이처럼 벽의 생활은 1897년 가을까지 별 우여곡절 없이 순탄했다. 바로 이 무렵 클론다이크에서 금광이 발견되어 전 세계에서 수많은 사람들이 얼어붙은 북쪽 땅으로 몰려들었다. 그러나 벽은 신문은 쳐다보지도 않았고 정원사의 조수 매뉴얼이 나쁜 사람이라는 것도 몰랐다. 매뉴얼에겐 떨쳐버리지 못하는 고약한 버릇이 한 가지 있었다. 그는 중국식 도박을 무척 좋아했다. 게다가 으레 도박꾼들이 그렇듯이 어리석게도 꼭 돈을 딸 것이라고 확신했다. 그렇다 보니 결국 파멸을 모면할 수가 없었다. 도박을 하려면 돈이 필요한데, 정원사 조수의 월급으로는 아내와 많은 자식들을 부양하는 것조차 빠듯했다.

매뉴얼이 배신을 한, 잊을 수 없는 그날 밤, 판사는 마침 건포도 제조업자 조합 회의에 참석하느라 집을 비웠고, 아들들은 운동 클

럽을 결성하느라 여념이 없었다. 따라서 매뉴얼과 벅이 과수원을 빠져나가는 것을 본 사람은 아무도 없었고, 벅은 그저 산책으로만 알고 매뉴얼을 따라나섰다. 그리고 한 사람을 제외하고는 그들이 칼리지 파크라는 작은 신호 정차역[기(旗) 따위의 신호가 있을 때만 열차가 멈추는 역]에 온 것을 본 사람은 없었다. 그 남자는 매뉴얼과 이야기를 나누었다. 그들 사이에 돈 얘기가 오갔다.

"물건을 넘겨주기 전에 미리 묶었어야지."

낯선 사나이가 퉁명스럽게 말하자 매뉴얼은 벅의 목걸이 아래로 튼튼한 밧줄을 두 번 휘감았다.

"이걸 당기면 녀석의 목이 확 조일 걸세."

매뉴얼이 말하자 낯선 사나이는 잠시 투덜거리더니 그리 하겠다고 대답했다.

벅은 위엄을 잃지 않고 조용히 밧줄을 받아들였다. 확실히 이번 일은 예사롭지 않아 보였다. 하지만 지금까지 벅은 자기가 아는 사람을 믿어야 하며, 자신보다 사람들의 지혜가 훨씬 뛰어나다는 사실을 신뢰해야 한다고 배워왔다. 그럼에도 밧줄의 양끝이 낯선 사나이의 손에 넘어가자 그는 위협적으로 으르렁댔다. 그저 으르렁대는 것만으로도 상대방을 굴복시킬 수 있으리라는 자부심으로 자신의 불쾌감을 넌지시 알렸다. 그러나 놀랍게도 숨을 쉴 수 없을 정도로 밧줄이 목을 조여왔다. 몹시 화가 치민 벅은 사나이에게 덤벼들었다. 그러자 사나이는 마치 기다렸다는 듯이 벅의 목덜미를 꽉 움켜잡고는 교묘하게 비틀어 땅바닥에 내동댕이쳤다. 밧줄은 사정없이 조여들었다. 화가 치밀 대로 치민 벅은 미친 듯이 몸부림쳤지만 결국엔 혀가 입 밖으로 축 늘어지고 넓은 가슴만 헐떡이게 될 뿐 아무런 소용이 없었다. 그는 여태까지 살아오면서 이처럼 비열한 대우를 받아본 적도, 이처럼 화를 내본 적도 없었다. 하지만 점차 힘이 빠지고 눈앞이 흐릿해지기 시작했다. 마침내 신호기의 신호에 따라 기차가 멈추고 두 사나이가 자신을 화물칸에 집어넣었을 때에 벅은 의식을 잃고 말았다.

이윽고 차츰 의식을 회복한 벅은 혀가 아픈 것을 느꼈고, 자신이 뭔가 수송 수단에 실려서 덜커덩거리며 어디론가 가고 있다는 걸 어렴풋이 깨달았다. 건널목을 지날 때 울리는 귀에 거슬리는 날카로운 기적 소리에 벅은 자기가 지금 어디 있는지를 짐작했다. 판사와 자주 여행을 했기 때문에 화물차에 탄 느낌을 잘 알았던 것이다. 눈을 떴다. 순간 그의 두 눈에는 납치된 왕의 심한 분노가 서렸다. 사나이가 벅의 목을 움켜잡으려 덤벼들었다. 하지만 벅의 움직임이 훨씬 빨랐다. 그는 이빨로 사나이의 손을 물고는 다시 정신을 잃을 때까지 이빨의 힘을 늦추지 않았다.

"이놈이 발작을 일으켜서요."

그 사나이는 요란스러운 소리를 듣고 달려온 화물계원에게, 벅에게 물려 상처투성이인 손을 감추면서 말했다.

"주인 심부름으로 샌프란시스코로 데려가는 길입니다. 그곳에 있는 용한 수의사라면 병을 고칠 수 있다고 해서요."

그 사나이는 샌프란시스코 부두의 한 선술집 뒤쪽에 있는 작은 헛간에서 그날 기차 여행에 대해 자못 웅변적으로 떠들어댔다.

"이 짓의 대가로 내 몫이 고작 50달러뿐이야." 그는 투덜거렸다. "빌어먹을, 현금으로 천 달러를 준대도 다시는 이런 짓을 않겠어."

그의 한 손은 피로 얼룩진 손수건에 감싸였고 오른쪽 바지 자락은 무릎에서 발목까지 찢어진 채였다.

"다른 작자의 몫은 얼마인가?"

술집 주인이 물었다.

"백 달러. 한 푼도 모라자면 안 된다는군."

사나이가 대답했다.

"그럼 150달러로군."

술집 주인이 계산을 했다.

"이 녀석 그만한 값어치는 있겠어. 아니면, 내가 바보든가."

납치범은 피가 흠뻑 밴 손수건을 풀고 찢어진 손을 보았다. "광견병에 걸리지 말아야 할 텐데……."

"뭐, 어차피 자넨 교수형 신세가 될 팔자 아닌가."

술집 주인이 웃음을 터뜨렸다.

"자, 가기 전에 나 좀 도와주게."

밧줄에 목이 조여 숨이 넘어갈 지경인데다 목과 혀가 참을 수 없을 만큼 아파서 정신이 아찔한데도 벅은 자신을 괴롭히는 사람들에게 덤벼들었다. 하지만 여러 번에 걸쳐 내동댕이쳐지고 목이 졸렸을 뿐이다. 결국 사람들은 그의 목에 묵직한 놋쇠 목걸이를 채우더니 밧줄을 풀고는 새장처럼 생긴 궤짝 안에 밀어넣었다.

그 궤짝 안에서 벅은 몸서리쳐지는 분노와 상처입은 자존심을 달래며 피곤한 밤을 보냈다. 그는 현재의 상황을 도무지 납득할 수가 없었다. 이 낯선 사나이들이 나를 어쩔 셈일까? 왜 이런 좁은 궤짝 속에 가두어놓은 걸까? 이유는 알 수 없었지만, 벅은 왠지 모르게 불행이 닥쳐온다는 막연한 느낌에 짓눌렸다. 그날 밤, 벅은 창고 문이 몇 번씩 덜거덕거리며 열릴 때마다 벌떡 일어나곤 했다. 혹시나 자기를 찾아온 판사나 그의 아들들의 모습을 볼 수 있지 않을까 하는 기대감에서였다. 그러나 그때마다 자신을 들여다보는 것은 파리한 빛을 발하는 수지(獸脂) 촛불을 든 술집 주인의 부풀어오른 얼굴이었다. 그리고 그때마다 목구멍에서 떨려나오던 반가운 고함은 사나운 으르렁거림으로 바뀌었다.

하지만 술집 주인은 아무런 대응 없이 그를 내버려두었다. 아침이 되자 사내들 네 명이 들어와 궤짝을 들었다. 그들은 누더기 차림에 너저분한데다가 몹시 험악해 보였다. 벅은 자신을 괴롭히기 위해 또 다른 놈들이 들이닥친 것이라고 단정 짓고는 궤짝 창살 사이로 미친 듯이 그들에게 덤벼들었다. 험악한 사내들은 웃어대며 꼬챙이로 벅을 쿡쿡 찔렀다. 벅은 잽싸게 꼬챙이를 물었다. 그때서야 벅은 그것이 그 자들이 바라는 바였다는 걸 깨달았다. 그래서 그는

14

시무룩하게 드러누운 채, 궤짝이 마차에 옮겨 실리는 것을 그냥 방관했다. 그리하여 벅과 벅을 가둔 궤짝은 많은 사람들의 손을 거쳐가며 이리저리 넘어갔다. 먼저 운송 회사 사무원이 그를 받았고 이어서 짐마차에 실려 운송되었다. 그리고 온갖 상자며 짐들과 함께 트럭으로 운반되어 연락선에 실렸다. 연락선에서 내리자 큰 철도역까지 손수레에 실려 가서 마지막으로 급행 화물 열차에 실렸다.

급행 화물 열차는 이틀 낮 이틀 밤 동안 날카로운 경적을 울리는 기관차에 이끌려 달렸다. 그 이틀 동안 벅은 아무것도 먹지도 마시지도 못했다. 벅은 운송 회사 배달원들과 처음 대면했을 때 몹시 화가 나 있던 터라 그들을 향해 으르렁거렸다. 그들은 그를 놀려대는 것으로 보복했다. 벅이 몸을 부르르 떨며 입에 거품을 물고 창살에 부딪칠 때마다 그들은 그를 비웃으며 조롱했다. 그들은 밉살스런 개처럼 으르렁대기도 하고 멍멍 짖기도 하고 고양이처럼 야옹거리거나 수탉 울음소리를 내며 양팔을 퍼덕거려보기도 했다. 벅은 자신이 정말 어처구니없는 일을 당한다는 사실을 알고는 몹시 모멸감을 느꼈다. 그리고 점점 더 화가 치밀었다. 배고픔은 그런대로 참을 수 있었으나 목마름은 참을 수 없을 만큼 고통스러웠다. 그 고통의 부채질에 그의 분노는 열병에 걸린 듯한 광분 수준에까지 이르렀다. 긴장을 잘하고 감수성이 예민한 편이었던 벅은 심한 학대에 몹시 흥분했고, 그 때문에 갈증에 바짝 마르고 부어오른 목과 혀에 염증이 생겼기 때문이다.

그래도 딱 한 가지만큼은 기쁜 일이었다. 목을 조이던 밧줄에서 풀려난 것이었다. 부당하게도 여태까지 밧줄 때문에 사람들에 비해 불리한 입장에 있었지만 이제는 풀려났으니, 놈들에게 본때를 보여 줄 수 있을 것이다. 두 번 다시 목에 밧줄을 매이지 않으리라. 이렇게 벅은 단단히 결심을 했다. 이틀 밤낮을 아무것도 먹지도 마시지도 못한데다 그 고통스런 시간 동안 분노는 쌓이고 쌓여서, 이제는 누구든 먼저 그의 성미를 건드리는 자는 봉변을 당할 판이었다. 두 눈에 핏발이 선 벅은 어느새 미쳐 날뛰는 악마로 변했다. 그처럼 그의 모습이 너무나 변했기 때문에 밀러 판사라도 그를 알아보지 못할 것이다. 운송 회사 배달원들은 시애틀에 도착해 벅을 가둔 궤짝을 기차에서 내려놓았을 때 안도의 한숨을 내쉴 정도였다.

네 사람이 짐마차에서 조심스럽게 궤짝을 내려, 높은 담을 둘러친 작은 뒤뜰로 옮겼다. 목 언저리가 헐렁하게 축 처진 빨간 스웨터를 입은 건장한 사나이가 나와 마부의 장부에 서명을 했다. 벅은 바로 이 자가 이번에 자신을 고문할 자라는 걸 간파하고는 창살에 거세게 몸을 부딪쳤다. 그 사나이는 험상궂은 미소를 보이더니 도끼와 몽둥이를 들고 다가왔다.

"설마 지금 녀석을 내놓으려는 건 아니겠지?"

마부가 물었다.

"내놓을 거네."

사나이는 대답을 마치자마자, 궤짝 문을 열려고 궤짝에 도끼질을 하기 시작했다. 순간, 궤짝을 들고 들어왔던 네 사내는 순식간에 흩어져 담 위로 올라갔다. 그러곤 안전 지대인 담 위에서 앞으로 벌어질 광경을 기대하며 지켜보았다.

벽은 쪼개진 나뭇조각에 달려들어 이빨로 물고 마구 흔들어대며 그것과 격렬히 싸웠다. 그리고 도끼가 궤짝 표면을 내리칠 때마다 궤짝 밖으로 나오려고 미친 듯이 으르렁대며 몸부림쳤다. 빨간 스웨터 차림의 사나이가 침착하게 벽을 밖으로 꺼내려는 것과는 대조적으로 벽은 아주 미친 듯이 궤짝에서 빠져나오고 싶어 했다.

"자, 어서 나와라, 새빨간 눈의 악마야."

그가 말했다. 그때 이미 그는 벽의 몸뚱이가 나올 수 있을 만한 구멍을 만들어냈다. 그와 동시에 그는 도끼를 내려놓고 오른손에 몽둥이를 들었다.

벽은 그야말로 영락없는 새빨간 눈의 악마였다. 벽은 당장 덤벼들 듯 몸을 도사린 채, 온몸의 털을 곤두세우고 입에 거품을 물고는 광기가 서리고 핏발이 선 두 눈을 번득였다. 이틀 밤낮 동안 억눌릴 대로 억눌린 분노가 실린 64킬로그램의 몸을 사나이를 향해 곧장 날렸다. 하지만 사나이를 물려는 찰나, 허공에서 날아든 무언가에 강한 일격을 당했다. 그 일격에 그의 몸은 저지당했고 그는 이를 악물어야만 했다. 그러곤 허공에서 빙그르 돌아 땅바닥에 나동그라졌다. 지금까지 살아오면서 그는 몽둥이로 맞아본 적이 단 한 번도 없었기 때문에 도무지 어찌 된 영문인지 알 수 없었다. 벽은 짖는 소리인지 비명 소리인지 분간하기 힘든 소리로 으르렁대며 일어나, 다시 공중으로 몸을 날렸다. 그는 다시 날아든 뭔가에 강한 일격을 당하고는 땅바닥에 고통스럽게 나뒹굴었다. 이번에는 사나이가 든 몽둥이의 위력을 확실히 알게 되었다. 하지만 광폭해진 그는 앞뒤 가릴 생각을 하지 못했다. 벅은 사나이를 향해 열두 번이나 덤벼들었다. 하지만 그때마다 날아든 몽둥이에 가차 없이 얻어맞고 땅바닥에 나뒹굴었다.

한 번은 몹시 심하게 얻어맞고 쓰러졌는데, 다시 덤벼들 수 없을 만큼 정신이 아찔했다. 그는 휘청거리며 간신히 몸을 일으켰지만, 코와 입과 귀에서는 피가 흘렀고 아름다운 털은 엉겨붙은 짙은 피로 얼룩덜룩했다. 이윽고 사나이는 벅에게 가까이 다가오더니, 벅의 콧등을 정확히 조준해 거세게 후려쳤다. 형용할 수 없는 끔찍한 고통이 몰려왔다. 지금 이 고통에 비하면 이제까지 참아낸 고통은 아무것도 아니었다. 벅은 사자같이 사납게 포효하며 또다시 사나이를 향해 몸을 던졌다. 하지만 사나이는 몽둥이를 왼손으로 바꿔 쥐더니, 아주 침착하게 오른손으로 벅의 아래턱을 잡고는 거꾸로 거세게 비틀었다. 벅은 허공에서 한 바퀴 반을 돌고 나서 머리와 가슴을 땅바닥에 꽉 처박았다.

벅은 마지막으로 몸을 날렸다. 사내는 예상했다는 듯이 미리 준비해두었던 매서운 일격을 가했다. 벅은 구겨진 종이처럼 나가떨어져 완전히 의식을 잃고 말았다.

"저 친구, 개 다루는 솜씨가 여간 아닌걸."

담 위에 올라가 앉은 한 사내가 몹시 흥분한 목소리로 크게 소리쳤다.

"나라면 차라리 매일이라도 좋으니 조랑말을 다루는 게 낫겠어. 일요일에 두 번 하는 한이 있더라도 말이야."

말을 마친 마부는 짐마차에 올라타 말을 몰기 시작했다.

벅은 의식은 돌아왔으나 기운은 회복하지 못했다. 그는 쓰러진 자리에 그대로 누워서 빨간 스웨터 차림의 사나이를 바라보았다.

"이름이 벅이란 말이지……."

사나이는 궤짝과 그 속에 든 내용물에 대해 적어놓은 술집 주인의 편지를 읽으며 혼잣말을 했다.

"이 녀석, 벅." 사나이는 정다운 목소리로 말을 이었다. "우리 싸울 만큼 싸웠으니, 이쯤에서 그만두자. 그것이 최선이야. 너도 네 처지를 알았을 테고 나도 내 처지를 알았어. 말만 잘 들으면 모든 게 잘 될 거야. 만사가 순조로울 거야. 대신 고분고분 말을 듣지 않으면 내장이 튀어나오도록 사정없이 두들겨 패줄 테다. 알겠지?"

이렇게 말하며 사나이는 이제까지 그토록 무자비하게 두들겨 패던 벅의 머리를 겁도 없이 가볍게 토닥거렸다. 그의 손길이 닿자 벅은 무의식적으로 털을 곤두세웠지만 덤비지 않고 꾹 참았다. 그 사내가 물을 가져다주자, 벅은 정신없이 마셨다. 그러고 나서 사나이가 손으로 건네는 생고기를 한 점 한 점 통째로 삼키면서 배가 부르

19

도록 게걸스럽게 먹었다.

벅은 패하고 말았다. 벅 자신도 그 사실을 잘 알았다. 그러나 완전히 꺾인 것은 아니었다. 다만, 몽둥이를 든 사람에겐 승산이 없다는 것을 깨달았던 것이다. 그는 이 교훈을 평생토록 잊지 않았다. 몽둥이야말로 하나의 계시와 같았다. 몽둥이의 가르침 덕분에 원시의 법칙이 지배하는 세계가 있다는 것을 알게 되었던 것이다. 그도 이미 그 세계에 반쯤 입문해 있었다. 이제 그의 눈앞에 펼쳐진 현실은 한층 더 냉혹한 모습이었다. 벅은 처음에 냉혹한 현실에 겁 없이 달려들었지만, 이제는 내면에 숨었던 교활한 본성을 일깨워 현실과 맞섰다. 날이 가면서, 궤짝 속에 갇히거나 밧줄에 매인 개들이 속속 몰려왔다. 순한 놈들도 있고 벅이 그랬던 것처럼 미친 듯이 짖어대는 놈들도 있었다. 그런데 어느 놈을 막론하고 하나같이 빨간 스웨터 사나이에게 지배되고 마는 것이었다. 자신이 당했던 그 참혹한 광경이 눈앞에서 거듭해서 재연될 때마다 다음과 같은 교훈이 그의 마음속에 깊이 아로새겨졌다.

'몽둥이를 가진 인간은 입법자이므로 반드시 환심을 사야 할 필요까지는 없을지라도 복종을 해야 할 주인이다.'

벅은 절대로 사나이의 환심을 사기 위해 꼬랑지를 흔들며 아첨하는 짓은 하지 않았다. 그는 두들겨 맞은 놈들이 사나이의 비위를 맞추며 꼬리를 흔들고 손을 핥는 장면을 여러 번 보았다. 그리고 비위를 맞추려 하지도 않고 복종하지도 않던 개 한 마리가 사나이에게 끝까지 덤벼들다가 끝내 죽고 마는 것도 보았다.

이따금 낯선 사내들이 찾아왔다. 이 사람들은 때로는 흥분을 해가며 때로는 아첨을 해가며 온갖 방법을 다 동원해 빨간 스웨터 사나이와 흥정을 했다. 그들 사이에 돈이 오갈 때마다 낯선 사내들은 개를 한 마리나 몇 마리씩을 데리고 갔다. 벅은 그 개들이 도대체 어디로 끌려가는 것인지 몹시 궁금했다. 끌려간 이후로 다시는 돌아오지 않았기 때문이다. 미래에 대한 공포가 그의 마음을 짓눌렀다. 그는 자기 차례가 아니라는 것을 알 때마다 기뻐했다.

그러나 마침내 그의 차례가 왔다. 몸집이 작고 얼굴이 쭈글쭈글한 사내가 찾아왔는데, 그는 서툰 영어를 내뱉으며 벅이 이해할 수 없는 생소하고 괴상한 감탄사를 연발했다.

"오, 이럴 수가!"

사내는 벅의 모습을 보자마자 두 눈이 휘둥그레지며, 소리쳤다.

"야, 이놈 참 멋지게 생겼군. 그렇지? 얼마에 팔겠소?"

"3백 달러. 그 값이면 거저나 다름없소." 빨간 스웨터 차림의 사나이가 곧바로 대답했다. "공금인데 어떻소. 당신에게 이렇다 저렇다 불평할 사람은 없을 거요. 안 그렇소, 페로 씨?"

페로는 이를 드러내며 히죽 웃었다. 뜻하지 않은 수요 때문에 개 값이 하늘 높은 줄 모르고 올라가는 상황을 고려할 때, 이처럼 훌륭한 개가 3백 달러라면 결코 비싼 값은 아니었다. 캐나다 정부가 손해를 보는 것도 아닐 테고 정부의 급한 공문서 배달이 더 늦어지는 것도 아닐 터였다. 페로는 개를 보는 안목이 높았다. 그는 벽을 보는 순간, 녀석이 천에 한 마리 있을까 말까 한 개라는 걸 알았다.

'아니, 만에 한 마리야······.'

그는 속으로 속삭였다.

벅은 그들 사이에 돈이 오가는 것을 보았다. 그래서 그는 성질이 온순한 뉴펀들랜드 종 개 컬리와 함께 몸집이 작고 얼굴이 쭈글쭈글한 사내를 따라가게 되었을 때도 놀라지 않았다. 그때 이후로 벅은 빨간 스웨터 사나이를 다시는 보지 못하게 됐다. 그리고 나월 호의 갑판에서 컬리와 함께 멀어져가는 시애틀의 거리를 본 것이 따뜻한 남부 지방을 본 마지막이었다. 컬리와 벅은 페로에게 이끌려 아래층 선실로 들어가, 프랑수아라고 하는 얼굴이 검고 몸집이 큰 사내에게 넘겨졌다. 페로도 프랑스계 캐나다인으로 살결이 거무스레했지만, 프랑수아는 인디언 혼혈인 프랑스계 캐나다인으로 페로보다 두 배는 더 살결이 검었다. 그들은 벅에게 (앞으로도 이런 부류의 인간들을 많이 만날 운명이지만) 새로운 부류의 인간이었다. 벅은 그들에게 애정을 느낄 수는 없었지만 그들을 진심으로 존경하게 되었다. 그는 페로와 프랑수아가 공명정대한 인간으로 개들을 심판할 경우에는 침착하고 치우침이 없이 공평했으며, 개의 습성을 너무나 잘 알기 때문에 결코 얕잡아볼 수 없는 사람들이란 것을 재빨리 파악했다.

나월 호 안에서 벅과 컬리는 다른 개 두 마리를 만났다. 그 가운데 한 마리는 스피츠베르겐 출신으로 몸집이 크고 눈처럼 흰털이 난 놈이었는데, 포경선 선장을 따라나섰다가 나중에는 북미의 불모지까지 지질 조사단을 따라가게 되었다. 그 녀석은 겉으로는 다정해 보였지만, 어느 면에서도 신뢰가 가지 않는 놈이었다. 겉으로는 웃음을 지으며 다른 개들을 대했지만, 속으로는 음흉한 계략을 꾀했다. 이를테면 나월 호에서 맨 처음 식사할 때, 놈은 벅의 음식을 훔쳐 먹었다. 벅이 그놈을 혼내주려고 덤벼들었다. 순간 프랑수아의 채찍이 공중에서 휙 소리를 내며 날아와 벅의 공격에 앞서 범인을 후려갈겼다. 남은 음식은 없었지만 벅은 뼈다귀만은 되찾았다. 프랑수아의 판결이 공평하다는 생각이 들면서 벅은 그 혼혈인을 존경하게 되었다.

다른 개 한 마리는 스스로 접근하려고도 않았고 다른 개들의 접근도 받아들이지 않았다. 또한 신참의 먹이를 훔쳐 먹는 짓도 하지 않았다. 그는 우울해 보이는 무뚝뚝한 녀석으로 그저 가만히 내버려두기를 바랄 뿐이었다. 만에 하나 가만 내버려두지 않으면 잠자코만 있지 않겠다는 의사를 노골적으로 컬리에게 표시했다. 그놈의 이름은 데이브였는데 먹고 자고 이따금 하품하는 일 말고는 어떤 것에도 관심을 보이지 않았다. 심지어 나월 호가 퀸샬럿 해협을 횡단할 때, 귀신한테 홀린 듯이 좌우로, 앞뒤로 마구 흔들리면서 질주하는데도 놈은 전혀 동요하지 않았다. 벅과 컬리가 공포에 반쯤 미쳐 몹시 흥분한 모습을 보였을 때도 녀석은 성가시다는 듯이 고개를 쳐들고는 무심하게 흘긋 쳐다보더니, 이내 하품을 하고 또다시 잠에 빠져들었다.

배는 낮이나 밤이나 지칠 줄 모르는 추진기의 고동에 맞춰 앞으로 나아갔다. 매일 매일 변함이 없었지만, 벅은 날씨가 점점 추워지는 것을 분명히 느꼈다. 그러던 어느 날 아침, 추진기가 멈추자, 나월 호는 홍분된 분위기에 휩싸였다. 벅은 다른 개들과 마찬가지로 그런 분위기를 직감했고 곧 어떤 변화가 일어나리라는 것을 알았다. 프랑수아는 개들을 가죽 끈으로 묶어 갑판으로 끌고 나갔다. 벅이 갑판의 차가운 바닥에 첫발을 내디뎠을 때, 그의 발은 꼭 진흙처럼 무른 하얀 빛깔의 물질 속으로 쑥 빠져들었다. 그는 콧김을 내뿜으며 뒤로 껑충 뛰어 물러섰다. 이 하얀 물질은 하늘에서 더욱더 많이 떨어져 내렸다. 몸을 부르르 떨며 털어 보았으나 이 하얀 것은 점점 더 많이 그의 몸 위에 떨어졌다. 벅은 신기한 듯이 냄새를 맡아보고 혀로 핥아보았다. 불꽃 같은 것이 톡 쏘는가 싶더니, 금세 사라졌다. 벅은 어리둥절했다. 다시 한번 그것을 핥아보았으나 결과는 마찬가지였다. 그런 벅의 모습을 지켜보는 사람들이 떠들썩하게 웃었다. 벅은 사람들이 웃는 이유를 알 수 없었지만 왠지 모르게 부끄러웠다. 그 하얀 것은 벅으로서는 난생 처음 보는 눈이었다.

2
몽둥이와 엄니의 법칙

다이에 해안에서 벅이 보낸 첫날은 악몽 같았다. 매시간이 충격과 놀라움의 연속이었다. 문명의 중심지에서 갑자기 쫓겨나 원시 세계의 한복판에 내던져진 것이었다. 이곳에서는 햇볕을 쬐며, 그저 빈둥거리며 무료하게 지내는 게으른 생활은 없었다. 평화도 휴식도 없고 한순간의 안전도 보장받지 못했다. 모든 것이 혼란스럽고 한시라도 움직이지 않으면 안 되었다. 그렇기에 매순간 생명과 사지가 위험 앞에 노출되어 있었다. 단 한순간도 방심해서는 안 되었다. 이곳에서 사는 개나 사람은 도시에서 사는 개나 사람과는 달랐다. 개나 사람이나 할 것 없이 몽둥이와 엄니의 법칙밖에 모르는 야수와 같았다.

벅은 지금까지 개들이 늑대처럼 싸우는 모습을 본 적이 없었다. 이곳 개들은 늑대처럼 싸웠다. 그런 싸움을 처음 봤을 때 벅은 결코 잊지 못할 한 가지 교훈을 얻었다. 물론 간접적인 경험에서 얻은 교

훈이었다. 직접 싸웠다면, 살아남지도 못했을 테니 교훈을 얻는 일
도 없었을 것이다. 그 싸움의 희생자는 바로 컬리였다. 그들은 원목
창고 근처에서 야영을 했는데, 컬리는 자신의 반에도 못 미치는 덩
치지만 그래도 다 자란 늑대만 한 시베리안 허스키에게 여느 때처
럼 친근하게 다가갔다. 그놈은 사전에 아무런 경고도 없이 번개처
럼 덤벼들어, 이빨을 악물며 금속성의 소리를 내고는 역시 번개처
럼 재빨리 뒤로 물러났다. 컬리의 얼굴이 눈에서 턱까지 찢겼다.

　순식간에 확 물어뜯고 잽싸게 물러나는 늑대의 싸움 방법이었다.
하지만 그것이 다가 아니었다. 삼사십 마리나 되는 허스키들이 그
자리로 달려와 싸움을 시작한 두 마리 개를 빙 둘러싸고는 조용히
지켜보았다. 벅은 그들이 왜 그처럼 조용히 지켜만 보는지, 그리고
왜 그토록 열심히 입맛을 다시는지 알 수 없었다. 컬리가 적에게 덤
벼들자 적은 또다시 이빨로 물어뜯고는 재빨리 물러났다. 또다시
컬리가 덤벼들자, 적은 이번에는 아주 독특하게 가슴으로 받아치며
그를 넘어뜨렸다. 이제 컬리는 다시는 일어나지 못했다. 구경하던
허스키들이 기다린 것은 바로 이 순간이었다. 그들은 으르렁거리고
캥캥 짖어대며 컬리에게 가까이 다가갔다. 컬리는 털을 곤두세운
개 떼 밑에 깔린 채 고통스러운 비명을 질렀다. 그리고 점차 개 떼
에 완전히 파묻히게 되었다.

　너무나 갑작스럽고 뜻밖에 벌어진 일이어서 벅은 넋을 잃고 말았
다. 벅의 두 눈에는 스피츠가 비웃는 듯이 진홍빛 혀를 날름 내미는

모습이 들어왔다. 그때 프랑수아가 도끼를 휘두르며 개 떼 속에 뛰어들었다. 사나이 셋이 몽둥이를 들고 나타나 개들을 쫓는 프랑수아를 도왔다. 시간은 그리 오래 걸리지 않았다. 컬리가 쓰러진 지 2분만에 공격자들은 몽둥이질을 당하고 모조리 흩어졌다. 그러나 컬리는 피투성이가 된 채 짓밟힌 눈 위에 축 늘어져 있었다. 이미 생명의 기운이 없어 보였다. 컬리의 몸은 그야말로 갈가리 찢겼다. 살결이 가무잡잡한 혼혈인이 컬리 옆에 서서 무섭게 욕설을 퍼부었다. 그 광경은 종종 벅의 꿈속에 나타나 그를 괴롭히곤 했다. 바로 이런 것이 몽둥이와 엄니의 법칙이었다. 공명정대한 싸움이란 존재하지 않는다. 일단 쓰러지면 그것으로 삶은 끝이다. 그렇다면 결코 쓰러지는 일이 없어야 한다. 스피츠는 또다시 혀를 날름 내밀고 웃어댔다. 그 순간부터 벅은 그놈에게 영원히 지울 수 없는 적의를 품게 되었다.

컬리의 비극적인 최후로 인한 충격에서 채 벗어나기도 전에 또 다른 충격이 벅에게 찾아왔다. 프랑수아가 그의 몸에 가죽 끈과 쇠로 이루어진 장치를 채운 것이다. 벅이 고향에서 보았던, 마부들이 말에게 채운 마구와 비슷했다. 전에 마부에게 끌리어 말이 수레를 끄는 것을 보았는데 이제는 벅 자신이 그런 말 신세가 된 것이다. 벅은 프랑수아를 썰매에다 태우고 계곡 근처의 숲까지 끌고 가서는 땔감을 가득 싣고 돌아와야만 했다. 짐썰매를 끄는 짐승이 되고 말았으니 말할 수 없을 정도로 자존심에 상처를 입었지만, 벅은 현명한 만큼 반항해야 소용이 없다는 것을 잘 알았다. 비록 아주 새롭고 낯선 일이었지만 그는 전력을 다해 열성껏 일했다. 프랑수아는 즉각적인 순종을 요구하는 엄격한 사람이어서 순종하지 않으면, 당장 채찍을 휘둘렀다. 한편 데이브는 썰매를 끄는 솜씨가 노련한 개였는데, 벅이 실수를 하면 언제나 엉덩이를 물곤 했다. 스피츠도 썰매 개의 리더로서 아주 노련했는데, 그는 벅에게 언제든 다가갈 수는 없기 때문에 이따금씩 질책하듯 매섭게 으르렁대거나 교묘하게 가죽끈에 몸무게를 실어 자신이 가야 할 방향으로 벅을 이끌었다. 벅은 쉽게 터득했고, 노련한 두 동료와 프랑수아의 연합된 지도 아래 눈에 띄는 향상을 보였다. 그들이 야영지로 돌아오기 전까지 그는, "워" 하는 소리에 멈추고 "이랴" 하는 소리에 출발한다는 것을 완전히 익혔다. 모퉁이를 돌 때는 여유 있게 거리를 유지하면서 돌고, 짐을 실은 썰매를 끌고 언덕길을 내려갈 경우에는 맨 뒤쪽에서 끄는 개와 부딪치는 일이 없도록 한쪽으로 물러나 달려야 한다는 것도 터득했다.

"세 놈 다 훌륭해."

프랑수아가 페로에게 말했다.

"저 벅이란 놈, 정말 필사적으로 썰매를 끌어. 뭐든 배우는 것도 무척 빠른 놈이야."

오후가 되자, 급송 공문서를 부치러 서둘러 떠났던 페로가 또 다른 개 두 마리를 데리고 돌아왔다. 빌리와 조라고 불리는 그들은 형제로 순종 허스키였다. 그들은 같은 어미에게서 태어났다고 하지만 낮과 밤처럼 아주 달랐다. 빌리의 한 가지 결점이 지나칠 정도로 순한 성격이었던 것에 반해 조는 아주 심술궂고 내성적이며 늘 으르렁대고 악의에 찬 눈빛이었다. 벅은 이 두 형제를 친구처럼 우호적으로 맞아들였으나 데이브는 본체 만체하고 스피츠는 차례차례 집적거려보았다. 빌리는 스피츠의 심술을 달래보려는 듯이 꼬리를 흔들다가 소용없다는 것을 깨닫고는 돌아서서 도망을 쳤다. 그리고 스피츠의 날카로운 이빨에 옆구리를 물렸을 때는 (여전히 환심을 사려는 듯이) 큰 소리로 울었다. 그러나 조는 스피츠가 어떻게든 자신의 주위를 돌기라도 하면, 뒷발을 휙 돌려 상대와 정면으로 맞섰다. 털을 곤두세우고 귀를 뒤로 바짝 붙인 채 입술을 일그러뜨리며 으르렁댔다. 그와 동시에 여차하면, 번개처럼 재빨리 상대방을 물어뜯을 태세로 이를 꽉 악물고 악마처럼 두 눈을 번득였다. 그야말로 전장 한복판에 있는 공포의 화신이었다. 그런 모습이 너무나 무서웠는지 스피츠도 신참의 기강을 잡아보려던 짓을 단념하고 말았다. 대신에 스피츠는 자신의 패배를 무마하려는 듯이 아무런 악의 없이 그저 울기만 하는 빌리에게 달려들어 야영지의 맨 끝까지 쫓아냈다.

저녁 무렵, 페로는 또 다른 개 한 마리를 데리고 왔다. 늙은 허스키였는데, 키는 컸지만 아주 야위었고 얼굴에는 싸워서 생긴 흉터가 여러 군데 눈에 띄었다. 애꾸눈이었지만, 상대를 단번에 제압할 만한 용맹함이 깃든 섬광을 번득였다. 그의 이름은 '성난 자'를 뜻하는 솔렉스였다. 데이브와 마찬가지로 솔렉스도 다른 개들에게 아무것도 요구하지 않을뿐더러 주지도 기대하지도 않았다. 그가 개들 사이로 느긋하게 유유히 걸어올 때면 스피츠조차 놈을 건드릴 엄두를 내지 못했다. 솔렉스에겐 한 가지 기벽이 있었는데, 불운하게도 벅이 그것을 발견하는 악운을 맞았다. 솔렉스는 보이지 않는 눈 쪽으로 다른 개들이 접근하는 것을 몹시 싫어했다. 그 사실을 알 턱이 없는 벅이 솔렉스가 꺼리는 범행을 저질렀는데, 순간적으로 자신의 경솔함을 깨달았을 땐 이미 솔렉스가 번개처럼 잽싸게 덤벼들어 벅의 어깨를 물어뜯은 뒤였다. 어찌나 세게 물어뜯었는지 어깨뼈가 6,7센티미터나 드러나 보일 정도였다. 그 일이 있은 후로, 벅은 놈의 보이지 않는 눈 쪽으로는 얼씬도 하지 않았고, 덕분에 그와 지내는 마지막 날까지 더는 아무런 문제도 일어나지 않았다. 솔렉스가 오직 바라는 것은, 데이브와 마찬가지로 가만히 내버려두는 것이었다. 사실 벅이 나중에 알게 되었지만, 솔렉스와 데이브는 각자 다른, 훨씬 더 중대한 야망을 품고 있었다.

그날 밤, 벅은 잠자리 문제 때문에 큰 고생을 치렀다. 촛불을 밝힌 텐트가 하얀 평원 한복판에서 따뜻하게 빛났다. 벅이 예전에 하던 대로 텐트 안으로 들어갔는데, 페로와 프랑수아가 쌍스러운 욕설을 퍼부으며 취사 도구를 집어 던졌다. 깜짝 놀란 벅은 정신을 차리고는 수치스럽지만 추운 밖으로 도망칠 수밖에 없었다. 살을 깊숙이 베는 것만 같은 싸늘한 칼바람이 부상당한 벅의 어깨를 모질게 도려낼 듯 몹시 휘몰아쳤다. 그는 눈 위에 드러누워 자려고 했으나 매서운 추위에 부들부들 떨려 금방 일어나고 말았다. 비참하고 서글픈 기분으로 수많은 텐트 사이를 돌아다녀보았지만 추위를 피할 만한 곳은 아무 데도 없었다. 여기저기에서 사나운 개들이 덤벼들었으나 벅이 목덜미 털을 곤두세우고 으르렁거리자 (그는 그 방법을 재빨리 터득했다) 길을 내주었다.

마침내 한 가지 좋은 생각이 머릿속에 떠올랐다. 돌아가서 함께 썰매를 끌었던 동료들이 어찌하고 있는지 알아보기로 했다. 놀랍게도 그들의 모습이 보이지 않았다. 그들의 자취를 찾아 다시 한번 넓은 야영지를 돌아다니다가 돌아왔다. 텐트 안에 있을까? 아니, 그럴 리가 없다. 그들이 텐트 안에 있다면, 자기가 쫓겨났을 리 없다. 그럼, 도대체 그들은 어디 있을까? 그는 꼬리를 축 늘어뜨리고 온몸을 부들부들 떨면서, 그야말로 버림받은 신세가 되어 정처 없이 텐트 주위만을 맴돌았다. 그러던 중 갑자기 앞발 아래의 눈이 무너져 내리면서 벅은 밑으로 푹 빠지고 말았다. 무언가가 발밑에서 꿈틀거렸다. 보이지 않고 알 수 없는 것에 대한 두려움으로 벅은 털을 곤두세우고 으르렁대면서 펄쩍 뛰어 뒤로 물러났다. 그러나 다정한 작은 목소리가 그의 마음을 안심시켰다. 벅은 그 목소리의 주인공을 자세히 보기 위해 되돌아갔다. 확 뿜어 나오는 따뜻한 공기가 그의 코끝을 스쳤다. 그곳 눈 밑에서 공처럼 둥글게 웅크리고 누운 것은 빌리였다. 그는 벽을 안심시키려는 듯 낑낑거렸고, 호의와 선의를 보이려고 꿈틀거리고 몸을 비틀었다. 심지어는 사이좋게 지내자는 의사 표시로 따뜻하고 축축한 혀로 벅의 얼굴을 핥기까지 했다.

또 하나 교훈을 얻었다. 아아, 이렇게 자는 거구나? 벅은 자신 있게 한 군데를 골라서 수고를 아끼지 않고 설쳐가며 잠잘 구덩이를 파기 시작했다. 순식간에 몸의 열기가 좁은 구덩이에 가득히 차자, 곧바로 잠이 몰려왔다. 길고도 힘든 하루였기에 편안히 푹 잘 수 있었다. 비록 악몽을 꾸며, 으르렁거리기도 하고 짖기도 하고 뒹굴기는 했지만.

벅은 야영지가 몹시 소란스러워졌을 때에야 비로소 잠에서 깨어났다. 그는 처음에는 자신이 어디 있는지도 몰랐다. 밤 사이에 눈이 내려 벅은 완전히 눈에 파묻혔다. 눈이 만든 벽이 사방에서 그를 짓누르자, 공포가 거대한 파도처럼 그의 온몸을 휩쓸었다. 그것은 야생 동물이 덫에 대해 느끼는 공포였다. 그런 공포감에 사로잡혔다는 것이 그가 자신의 삶에서 벗어나 선조들의 삶 속으로 되돌아갔다는 징후였다. 왜냐하면 그는 이미 문명화된 개, 그것도 고도로 문명화된 개였으므로, 지금까지 겪어온 경험으로는 덫이라는 것을 알 수 없었고, 따라서 그런 것을 두려워할 까닭도 없었기 때문이다. 온몸의 근육이 갑자기 본능적으로 수축되면서 목과 어깨의 털이 곤두섰다. 그는 사납게 으르렁대며 눈부신 햇빛 속으로 곧장 뛰어올랐다. 그러자 눈송이들이 사방으로 반짝이는 구름처럼 흩날렸다. 땅에 발을 내딛기 전에 눈앞에 펼쳐진, 온통 하얀 야영지를 보고서야 자신이 어디 있는지를 알았고, 매뉴얼과 산책길에 나섰던 일에서부터 어젯밤에 자신이 잠자리를 마련하기 위해 구덩이를 판 일까지 모두 머릿속에 떠올랐다.

벅이 모습을 드러내자 프랑수아가 탄성을 질렀다.

"내가 뭐랬나? 저 벅이란 놈은 확실히 뭐든 빨리 배운다니까."

썰매 개 몰이꾼이 페로에게 큰소리로 말했다.

페로는 진지한 표정으로 고개를 끄덕였다. 중요한 긴급 공문서를 나르는 캐나다 정부의 집배원으로서 그는 가장 훌륭한 개를 무척 얻고 싶어 했다. 그런 차에 벅을 소유하게 되어 무척 기뻤다.

한 시간도 지나지 않아서 허스키 세 마리가 합류함에 따라 썰매를 끄는 팀은 전부 아홉 마리가 되었다. 그리고 그 후로 15분도 채 안 지나 개들은 썰매를 끌 장비를 차고 다이에 협곡을 향해 힘차게 달리기 시작했다. 벅은 그러한 여정을 기뻐했다. 일은 힘들었지만 그 일이 특별히 싫지는 않았다. 그는 팀 전체에 활기를 불어넣으며 자신도 감염시키는 열정에 무척 놀랐다. 그런데 더욱더 놀라운 것은 데이브와 솔렉스에게 일어난 변화였다. 그들은 몸에 썰매 장비를 걸치는 순간 완전히 다른 개로 돌변했다. 소극성과 무관심은 말끔히 사라졌다. 그들은 민첩하고 적극적이며, 일이 잘 되기를 갈망했다. 꾸물거리거나 혼란을 일으키거나 해서 일이 지체되기라도 하면 사납게 화를 내기까지 했다. 그들에겐 썰매를 끄는 노역은 자신의 존재에 대한 최상의 표현이자, 사는 이유였고 자신들에게 기쁨을 주는 유일한 것인 듯했다.

그들 중에 데이브는 썰매 끝이 개로 맨 뒤쪽에 있었고 그의 바로 앞에서는 벅이, 그리고 그 앞에는 솔렉스가 있었다. 그리고 나머지 개들도 일렬로 쭉 늘어서 달렸는데, 리더 역할은 스피츠가 맡았다.

데이브와 솔렉스의 지도를 받도록 벅은 특별히 그 둘 사이에 끼여 있었다. 벅이 총명한 학생이었다면, 데이브와 솔렉스는 훌륭한 스승이었다. 벅이 실수를 하면 결코 꾸물거릴 틈을 주지 않고 날카로운 이빨을 드러내며 매섭게 가르쳤다. 데이브는 공정하면서도 매우 현명했다. 결코 부당하게 무는 일이 없었고 꼭 필요하다 싶을 때마다 반드시 물곤 했다. 데이브의 뒤에는 프랑수아의 채찍이 대기했기 때문에 벅은 보복을 하기보다 자신의 잘못을 고치는 편이 현명하다는 사실을 깨닫게 되었다. 언젠가 한번은 잠깐 멈춘 사이에 벅이 가죽끈을 엉키게 해 출발이 지체되자, 데이브와 솔렉스가 함께 덤벼들어 따끔하게 혼을 내주었다. 그 결과 가죽끈은 더욱 심하게 엉켰지만 그 후로 벅은 가죽끈이 엉키지 않도록 세심하게 주의를 기울였다. 날이 저물기 전까지 벅이 아주 일에 능숙해졌기에 두 동료는 더는 그를 꾸짖지 않았다. 프랑수아의 채찍질도 줄어들었고, 페로는 벅의 발을 쳐들어 정성껏 살피는 영광을 주기까지 했다.

그날은 아주 고된 하루였다. 다이에 협곡을 올라 쉽 야영지를 지나 스케일즈와 수목 한계선을 통과했다. 그리고 두께가 몇백 미터나 되는 빙하와 눈 더미를 가로질러 거대한 칠쿠트(Chilcoot) 분수령을 넘었다. 칠쿠트 분수령은 바다와 호수 사이에 우뚝 선 채 쓸쓸하고 고독한 북쪽 지방을 매섭게 지켰다. 그들은 사화산(死火山)의 분화구들에 형성된 호숫가를 능숙하게 내려가 그날 밤 늦게 베넷 호수 입구에 들어선 대규모 야영지에 도착했다. 그곳에서는 금을 찾아 몰려든 몇천 명이 얼음이 녹는 봄을 기다리며 보트를 만들고 있었다. 벅은 눈 속에 구덩이를 파고서, 눈을 감자마자 피로에 지쳐 곯아떨어졌지만, 이른 새벽이 되자, 추운 어둠 속에서 일어나 동료들과 함께 썰매를 끌기 위해, 썰매 끌이 장비를 둘러매야 했다.

그날은 길이 다져져 있어서 64킬로미터나 갔다. 그러나 다음 날과 그 뒤 며칠은 없는 길을 새로 내면서 가야 했기 때문에 보통 고역이 아니었고 속도 역시 아주 느렸다. 대개는 페로가 앞장을 서서 개들이 달리기 편하도록 거미집 모양 신발로 눈을 다져주었다. 프랑수아는 썰매채를 잡고 썰매의 방향을 바른 길로 이끌었는데, 가끔씩 페로와 교대하기는 했지만 자주는 아니었다. 페로는 앞길을 재촉하며 얼음에 대한 자신의 지식을 자랑했는데, 사실 그것은 반드시 알아두어야 할 지식이었다. 가을철 얼음은 깨어지기 쉬운 살얼음이었고 물살이 센 곳은 아예 얼음이 얼지도 않았기 때문이다.

벅은 날마다 쉬지 않고 썰매를 끌었다. 그들은 언제나 어두운 이른 새벽에 야영지를 떠나, 먼동이 틀 때면 이미 몇 킬로미터에 이르는 길을 새롭게 내고 계속해서 앞으로 나아가고 있었다. 텐트를 치는 것은 언제나 해가 진 뒤였고, 자기 몫의 생선을 먹고 나면 눈 속으로 파고 들어가 잠을 청했다. 벅은 음식을 게걸스럽게 먹어치웠다. 햇볕에 말린 연어 7백 그램 정도가 하루 먹이였는데, 그것으로는 간에 기별도 가지 않았다. 벅은 단 한 번도 배불리 먹어본 적이 없었다. 그러니 늘 배고픔에 시달렸다. 그러나 다른 개들은 벅보다 몸무게가 덜 나갔고 또한 애당초 썰매 견으로 태어났기 때문에 4백 50그램밖에 안 되는 생선을 먹고도 건강 상태가 좋은 편이었다.

벅은 음식을 가리던 옛날의 까다로운 식습관을 재빨리 버렸다. 까다롭게 음식을 맛보며 먹다 보면, 동료들이 제 몫을 먼저 먹어치우고는 벅이 먹는 음식을 뺏어 먹었다. 막을 재간이 없었다. 두세 놈을 막아내는 사이에 음식은 다른 놈의 목구멍 속으로 사라져갔다. 결국 제 음식을 챙기기 위해서는 벅도 빨리 먹는 수밖에 없었다. 게다가 배고픔을 이길 수 없을 땐, 거리낌 없이 다른 녀석의 몫까지 빼앗아 먹게 되었다. 벅은 다른 개들이 하는 행동을 보고 배웠다. 새로 온 개들 중에 영악하게 꾀병 잘 부리고 도둑질도 잘 하는 파이크라는 놈이 있었는데, 녀석은 페로가 등을 돌린 틈에 몰래 베이컨 한 조각을 훔쳤다. 그 광경을 본 벅은 다음 날 같은 수법으로 베이컨 덩어리를 통째로 훔쳐 달아났다. 큰 소동이 벌어졌지만 그는 의심을 받지 않았다. 오히려 하는 짓마다 실수투성인 데다 늘 쉽게 붙잡히기만 하는 얼간이 녀석, 더브가 벅이 저지른 범행을 뒤집어쓰고 벌을 받았다.

36

이 첫 도둑질은 벅이 혹독한 북쪽 지방의 환경에서 살아남을 수 있는 적격자임을 입증했다. 그것은 그의 적응성, 변화하는 환경에 적응하는 능력을 나타냈다. 그런 능력이 없다는 것은 머지않아 무참한 죽음을 당할 거라는 의미였다. 더욱이 생존을 위한 무자비한 투쟁에서 아무런 도움도 되지 않을뿐더러 약점이 될 수 있는 그의 도덕적 본성이 약화되었거나 소멸되었음을 나타냈다. 사유 재산이나 개인적 감정을 존중하는 것은 사랑과 우정의 법칙이 지배하는 남쪽 지방에서는 미덕이겠지만, 몽둥이와 엄니의 법칙이 지배하는 북쪽 지방에서는, 그런 걸 생각하는 놈은 누구나 멍청이로 통했고 그런 걸 지키려드는 한 결코 살아남지 못했다.

이 모든 것을 벅이 이성적으로 아는 것은 아니었다. 그는 그저 적격자로서 무의식적으로 새로운 생활 양식에 적응했다. 그는 지금까지 살아오면서 아무리 승산이 없는 상황일지라도 싸움에서 도망친 적이 없었다. 하지만 빨간 스웨터 사나이의 몽둥이가 그에게 더욱더 근본적이고 원시적인 규범을 소생시켜주었다. 그가 예전처럼 문명 세계에 있었다면 도덕적인 문제 때문에, 이를테면 그런 문제로 밀러 판사가 채찍을 휘둘렀다면, 기꺼이 채찍에 맞아 죽을 수도 있었을 것이다. 그러나 이제 그는 도덕적 문제 따위는 완전히 무시하고 자신이 지은 죄에 대한 벌을 모면할 줄 알았다. 바로 그런 태도야말로 그가 문명에서 완전히 벗어났음을 입증해주는 것이었다. 그가 도둑질을 한 것은 즐거움을 위해서가 아니라 고통스런 배고픔을 잊기 위해서였다. 그는 몽둥이와 엄니의 두려움 때문에 공공연히 훔치지 않고, 교묘하게 몰래 훔쳤다. 요컨대 그가 그런 짓을 한 이유는 하지 않는 것보다는 하는 것이 마음이 편했기 때문이다.

그의 진보(어쩌면 퇴보)는 아주 빨랐다. 근육은 쇠처럼 단단해졌고 어지간한 고통에는 둔감해졌다. 그는 외적으로뿐만 아니라 내적으로도 옹골차게 강해졌다. 아무리 싫고 소화하기 쉽지 않은 음식이라도 가리지 않고 먹을 수 있게 되었다. 그리고 일단 음식을 먹고 나면 위액이 영양분을 모조리 흡수했다. 혈액이 순환하며 그 영양분을 몸 전체 구석구석에 운반하여 근육 조직을 최대한 단단하고 튼튼하게 만들었다. 시각과 후각이 놀랄 만큼 예민해졌으며 청각은 아주 민감해져 자는 동안에 아무리 작은 소리를 듣고도 그것이 안심해도 좋은 것인지 아니면 위험을 뜻하는 것인지 구별할 수 있었다. 발가락 사이에 얼음이 얼어붙으면, 그것을 이빨로 깨물어 빼내는 법도 터득했다. 목이 마를 때, 웅덩이에 물이 두껍게 얼었으면 뒷발로 서서 단단한 앞발을 이용해 얼음을 깨뜨리기도 했다. 그의 가장 두드러진 특성은 바람 냄새를 맡고 미리 그날 밤 날씨를 예측하는 능력이었다. 바람 한 점 불지 않다가도 그가 나무나 둑 옆에 잠자리로 구덩이를 팔 때면, 나중에 어김없이 바람이 불곤 했다. 그리고 그때마다 나무나 둑이 바람을 막아주어, 그는 잠자리에서 아늑하게 잠을 잤다.

경험으로만 배우는 것이 다가 아니라 오랫동안 그의 몸속에 잠자던 본능이 눈을 뜨기 시작한 것이다. 여러 세대에 걸쳐 길들여진 습성이 그에게서 떨어져 나갔다. 그는 어렴풋이나마 종족이 번성했던 아득히 먼 옛날, 들개들이 무리를 지어 원시림을 돌아다니며 동물을 쫓아, 잡아먹던 시절을 기억했다. 상대에게 번개처럼 달려들어 일격을 가하고 늑대처럼 물어뜯는 식의 싸움 기술을 배우는 건 이제 일도 아니었다. 잊힌 옛 조상들은 바로 이런 식으로 싸웠던 것이다. 조상의 피가 그의 몸속에서 잠자던 원시의 생명을 깨웠고, 그러자 몸속에 종족의 유전자로 묻혀 있던 원시의 기술들이 발현된 것이다. 그 기술들은 어렵지도 않고 어떠한 노력도 없이, 마치 언제나 그의 몸속에 있었던 것처럼 드러났다. 고요하고 추운 밤, 그가 별을 향해 주둥이를 쳐들고 늑대처럼 길게 울부짖을 때는 죽어서 흙이 된 조상들이 몇 세기를 넘어와 그의 몸을 빌려 그렇게 울부짖는 것이었다. 그의 울부짖음은 곧 조상들의 울부짖음이었다. 그 소리는 조상들의 슬픔을 실어 그들이 겪은 고요와 추위와 어둠을 표현했다.

이리하여 삶이 얼마나 꼭두각시와 같은가를 증명이나 하듯, 원시의 노래가 벅의 몸속으로 파도처럼 흘러들었고 그는 다시 자신의 본성을 되찾았다. 그가 이처럼 원시적 본성을 되찾게 된 것은 사람들이 북쪽 지방에서 황금을 발견했기 때문이며, 매뉴얼이 자신의 임금만으로는 아내와 여러 자식들을 도저히 부양할 수 없는 정원사 조수에 지나지 않았기 때문이었다.

3
되살아난 야수성

벅의 몸속에서 되살아난 야수성이 강하게 꿈틀거렸다. 욕망은 썰매 개로서의 혹독한 생활 환경 때문에 더욱더 강해졌다. 하지만 그 욕망은 겉으로 드러나지 않을 만큼 은밀하게 강해졌다. 노련함이 새롭게 몸에 익은 만큼 벅은 침착성과 자제력을 터득했다. 벅은 새로운 생활에 적응하기에 바빠 마음이 편할 여유가 없었다. 그는 싸움을 걸지 않았고 되도록 싸움을 피했다. 눈에 띄게 신중했다. 경솔하거나 무모한 짓은 하지 않았다. 스피츠와 몹시 사이가 좋지 않았지만, 결코 성급하게 굴지 않았고 공격적인 행동도 삼갔다.

반면에 스피츠는 벅을 위험한 적수라고 생각했는지 언제든 기회만 있으면 날카로운 이빨을 드러내고 으르렁댔다. 심지어 자기 자리를 벗어나 벅에게 겁을 주며 싸움을 걸어왔다. 그처럼 놈은 어느한쪽이 죽어야 끝날 수 있는 사투를 벌일 기회를 끊임 없이 노렸다. 아마 뜻밖의 사건이 일어나지만 않았어도 여행 초기에 벅과 스피츠

사이에 그런 사투가 벌어졌을 것이다. 그날 해질 무렵에 그들은 르바르주 호숫가에서 처량하고 비참한 야영을 했다. 눈보라와 살을 에는 듯한 칼바람과 어둠 때문에 페로와 프랑수아는 손으로 더듬어 가며 야영할 곳을 찾았다. 최악의 상황이었다. 등 뒤에는 깎아지른 듯한 암벽이 버티고 있어, 호수의 얼음 위에 장작불을 피우고 침구를 펴야만 했다. 텐트는 짐을 덜려고 다이에에 버리고 온 터였다. 버려진 나무 몇 토막을 주워 불을 피웠지만 얼음이 녹으면서 꺼져버려, 어둠 속에서 저녁을 먹어야 했다.

벅은 바람을 막아주는 암벽 바로 밑에 잠자리를 마련했다. 그곳은 어찌나 아늑하고 따뜻했던지 프랑수아가 맨 처음 불에 녹인 생선을 나누어줄 때도 그 자리에서 나가고 싶지 않을 정도였다. 하지만 결국에 벅이 자리를 떠서 자기 몫의 생선을 다 먹고 돌아와 보니, 딴 놈이 자신의 잠자리를 차지했다. 위협적으로 으르렁거리는 것으로 보아 침입자는 다름 아닌 스피츠였다. 이제까지 벅은 이 적수와의 싸움에 휘말리는 것을 피해왔지만 이번만큼은 참을 수가 없었다. 그의 몸속에 잠자던 야성이 아우성쳤다. 벅은 스피츠는 물론 스스로도 놀랄 만한 기세로 덤벼들었다. 정말로 놀란 것은 스피츠였다. 스피츠는 지금까지의 경험으로 이 적수를 아주 소심한 놈으로, 그저 몸무게가 무겁고 몸집이 크기 때문에 그럭저럭 체면치레만 하는 놈으로 여겼기 때문이다.

프랑수아도 그들이 짓뭉개진 잠자리에서 서로 뒤엉키며 튀어나

오는 것을 보고 깜짝 놀랐다. 프랑수아는 싸움의 원인을 금방 알아
챘다.

"야아!"

그는 벅을 향해 소리쳤다.

"저놈에게 본때를 보여줘, 기필코! 저 더러운 도둑놈에게 본때를
보여줘!"

스피츠도 결코 물러설 태세는 아니었다. 놈은 덤벼들 기회를 노
리려고 이리저리 돌면서 분노와 투지를 맹렬히 불태우며 마구 짖어
댔다. 그에 못지않게 벅 역시 투혼을 불태우며 신중하게 이리저리
원을 그리면서 기회를 노렸다. 그러나 바로 그때 뜻밖의 사건이 일
어났다. 그 사건으로 인해 벅과 스피츠의 패권 다툼은 훨씬 뒤로 미
루어졌다. 몸이 녹초가 될 만큼 아주 멀리 썰매를 끌고 간 뒤에야
싸움은 다시 시작되었다.

페로의 입에서 터져나오는 욕설과 함께 몽둥이가 뼈에 부딪치는
소리가 들렸고, 그 뒤를 이어 고통스럽게 울부짖는 날카로운 비명
소리가 들렸다. 그 소리들은 갑자기 벌어질 대혼란을 예고하는 신
호탄이었다. 갑자기 야영지 내에는 슬그머니 다가온 털북숭이 짐승
들 몇십 마리가 우글거렸다. 팔십에서 백 마리쯤 되는 그놈들은 인
디언 마을에서 야영지의 냄새를 맡고 몰려온 굶주린 허스키들이었
다. 벅과 스피츠가 싸우는 동안에 숨어들었는데, 두 사내가 굵직한
몽둥이를 휘두르자 이빨을 드러내며 맞서 싸웠다. 그놈들은 음식

냄새를 맡고 미친 상태였다. 페로는 식량 상자에 머리통을 처박은 놈을 발견했다. 몽둥이로 앙상한 갈비뼈를 세차게 내려치자 식량 상자가 땅바닥에 뒤집혔다. 바로 그 순간 굶주린 짐승들 이십여 마리가 빵과 베이컨을 먹으려고 앞다투어 달려들었다. 몽둥이질 세례에도 아랑곳하지 않았다. 놈들은 빗발치는 몽둥이질 세례에 울부짖고 으르렁대면서도 마지막 빵 한 조각을 먹어치울 때까지 서로 먼저 먹으려고 미친 듯이 음식에 달려들며 치열한 싸움을 벌였다.

한편, 깜짝 놀란 썰매 개들은 잠자리에서 뛰쳐나왔으나 숨 돌릴 새도 없이 사나운 침입자들의 공격을 받았다. 벅은 이제까지 이런 개들을 본 적이 없었다. 뼈가 금방이라도 가죽을 뚫고 튀어나올 것만 같았다. 놈들은 마치 헐렁한 더러운 가죽을 뒤집어쓴 해골 같았다. 놈들은 두 눈을 섬뜩하게 번득이며 엄니를 드러내고 침을 질질 흘렸다. 그러나 굶주리고 미친 광기 때문에 소름끼치고 물리칠 수 없는 존재였다. 그들과 대항하기는 불가능했다. 썰매 개들은 첫 공격을 받고는 벼랑 끝까지 몰리고 말았다. 벅은 허스키 세 마리의 공격을 받아서 순식간에 머리와 양어깨가 찢어지고 깊이 패였다. 소름끼치는 난장판이었다. 빌리는 여느 때처럼 울었다. 데이브와 솔렉스는 몇십 군데 상처를 입어 피를 흘리면서도 나란히 용감하게 싸웠다. 조는 악마처럼 놈들을 거칠게 물어뜯었다. 한번은 허스키의 앞발을 물자, 뼈가 부러질 때까지 놓아주지 않았다. 엄살꾸러기 파이크는 순식간에 절뚝거리는 개에게 덤벼들어 목덜미를 물고 비

43

틀어 목을 부러뜨려놓았다. 벅은 입에 거품을 물고 덤비는 적의 목덜미를 물었다. 그러곤 이빨로 목의 급소를 물어뜯자 피가 솟구쳐 나왔다. 혓바닥에 느껴지는 뜨거운 피의 맛이 그의 사나운 야성을 더욱 부채질했다. 벅은 더욱 사나운 기세로 다른 놈에게 덤벼들었다. 그 순간, 어떤 놈이 자신의 목덜미를 무는 것을 느꼈다. 스피츠였다. 그 배신자 놈이 옆에서 공격을 한 것이다.

페로와 프랑수아는 야영지에서 개 떼를 쫓아버리고는 썰매 개들을 구하러 달려왔다. 두 사람이 나타나자, 굶주린 짐승들의 사나운 물결이 물러갔고 벅도 자유로워졌다. 그러나 그것도 잠시뿐이었다. 두 사람이 식량을 지키기 위해 되돌아가자, 허스키들은 썰매 개를 공격하러 다시 무리지어 몰려왔다. 겁에 질린 빌리는 용기를 내어 미친 개 떼의 포위망을 뚫고 얼음 위로 도망쳤다. 파이크와 더브가 그의 뒤를 쫓아갔다. 그러자 나머지 동료들도 모두 그 뒤를 따라갔다. 벅도 그 뒤를 쫓아가려고 몸을 도사렸을 때, 스피츠가 자신을 쓰러뜨릴 속셈으로 달려오는 것이 곁눈에 스쳤다. 넘어져서 허스키 떼에게 깔리는 날에는 모든 게 끝이다. 그래서 벅은 힘껏 버티어 서서 돌진해와 들이받는 스피츠의 공격을 몸으로 막아내고는 호수 위로 도망치는 무리에 합류했다.

그 뒤 썰매 개 아홉 마리는 함께 모여 숲속에 은신처를 찾았다. 그들은 이미 적의 추적권에서 벗어났지만 눈 뜨고 볼 수 없을 정도로 처참한 꼴이었다. 네댓 군데 다치지 않은 개는 한 마리도 없었고, 여러 마리가 중상을 입었다. 더브는 뒷다리에 큰 상처를 입었고 다이에에서 맨 나중에 팀에 합류한 허스키 돌리는 목이 심하게 찢어졌다. 조는 한쪽 눈을 잃었고, 순해터진 빌리는 한쪽 귀가 리본들을 매단 양 갈기갈기 찢겨 밤새도록 울며 낑낑거렸다. 새벽녘에 절름거리며 조심스럽게 야영지로 돌아가 보니 약탈자들은 자취를 감추었고 두 사람은 매우 화가 나 있었다. 그들의 식량이 반이나 없어졌기 때문이다. 허스키 떼는 썰매의 가죽끈도 천막 덮개도 물어뜯었다. 사실 놈들은 먹을 수 없는 것조차도 죄다 먹어치웠다. 사슴 가죽으로 만든 페로의 모카신 한 켤레와 가죽 끈 여러 묶음을 먹어치워버렸다. 게다가 프랑수아의 가죽 채찍마저도 60센티미터나 먹어치웠다. 프랑수아는 한동안 침통함에 잠긴 채 채찍을 바라보다가 시선을 돌려 부상한 개들을 살펴보았다.

"오오, 이 녀석들아."

그가 부드럽게 말했다.

"이렇게 많이 물렸으니 광견병에 걸리겠구나. 빌어먹을, 개들이 다 광견병에 걸리겠어! 페로, 안 그런가?"

집배원은 믿기지 않는다는 듯 고개를 가로저었다. 아직까지도 도슨까지 6백 40킬로미터나 남았는데, 지금 개들이 광견병에 걸려 미치면 정말로 큰일이었다. 프랑수아와 페로는 욕설을 퍼부어대며 두 시간 동안 힘겹게 썰매 장비를 정비해 개들에게 채우고는 부상으로 몸이 굳은 썰매 개들을 출발시켰다. 이번 여정은 이제까지 경험해

보지 못한 가장 힘든 길로, 악전고투하며 나아갔다. 그러니까 이번 도슨까지 여정이 가장 험난했다.

서티마일 강은 넓게 트여 있었다. 그 강은 물살이 너무 세어서 얼음이 잘 얼지 않았다. 얼음이 언 곳은 소용돌이치는 곳과 물살이 약한 곳뿐이었다. 이 무시무시한 48킬로미터를 건너는 꼬박 엿새 동안, 내내 죽을 고생을 감내해야만 했다. 그 소름끼치는 여정 동안 한 걸음 한 걸음 내디딜 때마다 개나 인간 할 것 없이 모두에게 생존을 위협하는 위험이 뒤따랐기 때문이다. 앞장을 선 페로가 얼음 다리를 통과하다가 얼음이 깨지는 바람에 물 속에 열두 번이나 빠졌다. 그때마다 그는 들고 있던 장대를 얼음 구멍 위로 걸쳐서 목숨을 구했다. 하지만 한파가 밀려와 기온이 영하 50도로 떨어졌기 때문에 강물에 빠질 때마다 불을 피워 옷을 말려야만 했다.

그래도 페로는 결코 굴하지 않았다. 어떤 상황에서도 굴하지 않는 성격 때문에 정부의 집배원으로 뽑힌 것이다. 그는 작고 쭈글쭈글한 얼굴을 서릿발 같은 추위에 단호히 내밀고 어두운 새벽부터 밤늦게까지 길을 헤쳐나가며 온갖 위험을 무릅썼다. 그는 위험천만한, 얼음이 얇게 언 강 가장자리는 피해갔다. 그런 곳은 밟기만 해도 금이 가서 감히 멈출 수조차 없었다. 한번은 썰매와 함께 데이브와 벅이 강에 빠졌는데, 끌어 올렸을 땐 꽁꽁 얼어서 죽기 일보 직전이었다. 그들을 살리려면 언제나 그렇듯 모닥불을 피워야 했다. 개의 몸뚱이에 얼음이 딱딱하게 덮였는데, 두 사람은 개들이 땀을

흘려 얼음을 녹일 수 있게끔 모닥불 주위를 달리게 했다. 그런데 너무 모닥불 곁에 가까이 가는 바람에 불길에 털을 태우고 말았다.

또 한번은 스피츠가 강에 빠져 벅 앞에 있던 모든 개들을 끌고 들어갔다. 그때 벅은 미끄러운 얼음 위 가장자리를 앞발로 밟고서는 온 힘을 다하여 물에 빠진 동료들을 끌어 올렸다. 그 근처의 얼음이 진동하며 우지직 소리를 냈다. 그러나 벅 뒤에 있는 데이브도 마찬가지로 힘껏 끌어당겼고 썰매 뒤에선 프랑수아가 힘줄이 끊어질 정도로 세게 봇줄을 잡아당겼다.

또다시 강 가장자리의 얼음이 앞뒤에서 깨졌다. 그 순간 그곳에서 벗어나려면 절벽으로 올라가는 수밖에 없었다. 페로는 그 절벽을 기적적으로 기어올랐다. 프랑수아가 기적만을 기원하는 사이에 페로는 모든 가죽 끈, 썰매를 묶는 끈, 그리고 썰매 장비에 남은 줄이란 줄을 모두 긴 봇줄로 한데 연결했다. 그러곤 맨 먼저 개부터 한 마리씩 절벽 위로 끌어 올리고 나서 썰매와 짐을 끌어 올렸다. 그리고 맨 마지막에 프랑수아를 끌어 올렸다. 이제 내려갈 장소를 찾아야 했고, 결국에 내려가는 데도 그 봇줄을 이용하게 됐다. 그들이 다시 강 위에 내려왔을 때는 이미 밤이었다. 결과적으로 그날의 이동거리는 겨우 4백 미터밖에 되지 않았다.

그들이 후타린카 강의 단단한 빙판 위에 이르렀을 무렵, 벅은 완전히 녹초가 되어 있었다. 다른 개들도 마찬가지였다. 그러나 페로는 낭비한 시간을 보충하기 위해 아침 일찍부터 밤늦게까지 개들을 몰아댔다. 첫날은 빅새먼 강까지 56킬로미터를 달렸고, 다음 날은 리틀새먼 강까지 56킬로미터를 달렸다. 그리고 사흘째는 64킬로미터나 달려 파이브핑거즈 근방까지 이르렀다.

벅의 발은 허스키만큼 촘촘하지도 단단하지도 못했다. 그의 발은 야생 시대, 최후의 조상들이 동굴이나 강에서 사는 원시인에게 길들여진 이후 여러 세대를 거치는 동안에 부드러워졌다. 벅은 하루 온종일 고통스러워하며 절름거렸다. 야영을 할 때면, 죽은 듯이 드러누웠다. 배가 고파도 자기 몫의 생선을 받으러 갈 힘이 없었기 때문에 프랑수아가 대신 갖다줘야만 했다. 이 썰매 개 몰이꾼은 밤마다 저녁을 먹고 나면 30분가량 벅의 발을 주물러주었고 자기 모카신의 목 부위를 잘라서 신 네 개를 만들어주기도 했다. 그 신은 크게 도움이 되었다. 어느 날 아침, 프랑수아가 신을 신겨주는 것을 잊자, 벅은 등 뒤로 벌렁 드러누워 애원하듯이 네 발을 허공에 대고 흔들어댔다. 그 신이 없으면 꼼짝하지 않겠다는 의사 표시였다. 그런 벅의 모습을 보자 페로도 쭈글쭈글한 얼굴을 일그러뜨리며 히죽이 웃었다. 그 뒤로 맨발로 썰매를 끌 수 있을 만큼 벅의 발은 단단해졌다. 그래서 닳아빠진 신은 내버렸다.

어느 날 아침, 펠리 강에서 두 사람이 개들에게 썰매 장비를 채울 때였다. 이제까지 별난 행동 없이 얌전하던 돌리가 갑자기 미쳐버렸다. 녀석은 늑대처럼 긴 울부짖음으로 자신의 비통한 심정을 알렸다. 그 소리를 듣자 다른 모든 개들은 공포에 사로잡혀 털이 곤두셨다. 돌리는 그렇게 울부짖더니, 곧장 벽에게 덤벼들었다. 벽은 지금까지 한 번도 미친개를 본 적이 없었다. 그러니 미친개를 무서워할 이유는 없었다. 하지만 본능적으로 공포를 느끼고는 기겁하여 도망쳤다. 벽이 쏜살같이 도망치는데, 돌리가 한 걸음 뒤에서 거품을 물고 헐떡거리면서 쫓아왔다. 벽은 너무 놀란 나머지 죽을힘을 다해 도망쳤기에 돌리가 그를 따라잡지는 못했으나, 돌리가 미쳤기에 벽도 그 녀석을 따돌리지 못했다. 벽은 그 섬의 숲속으로 뛰어들어 섬 아래쪽 끝까지 내달렸다. 얼음이 울퉁불퉁하게 언 후미진 강바닥을 가로질러 또 다른 섬에 이르렀다. 그러곤 세 번째 섬에 도달한 후에 강의 본줄기로 빙 돌아가서 필사적으로 강을 건너기 시작했다. 벽은 뒤돌아보지는 않았지만 돌리가 바로 뒤에서 으르렁대며 쫓아오는 소리를 들을 수 있었다. 프랑수아가 4백 미터 떨어진 곳에서 자신을 부르는 소리를 듣고, 속도를 두 배로 높였지만, 여전히 한 걸음 뒤에서 돌리가 쫓아왔다. 벽은 고통스럽게 숨을 몰아쉬며 프랑수아가 구해줄 것이라고 굳게 믿었다. 개 몰이꾼은 한쪽 손에 도끼를 들었는데, 벽이 쏜살같이 그 앞을 지나치자 미친 돌리의 머리 위에 도끼를 내리쳤다.

기진맥진한 벽은 비틀거리며 썰매에 기댔지만, 숨을 헐떡거리며 쓰러지고 말았다. 이때야말로 스피츠에겐 좋은 기회였다. 녀석은 벽에게 덤벼들어, 저항하지 못하는 적을 두 번이나 살점이 찢겨 뼈가 드러날 정도로 물어뜯었다. 그때 프랑수아가 채찍을 휘둘렀다.

벅은 이제까지 어떤 동료도 맞아보지 못한 가장 심한 매질을 당하는 스피츠의 몰골을 흡족하게 바라보았다.

"악마 같은 스피츠 놈. 언젠가는 저놈이 벅을 죽이고 말 거야."

페로가 말했다.

"벅은 스피츠에 비해 두 배는 더 악마 같은 놈이야. 벅을 늘 지켜봐서 잘 알아. 두고 보라고. 언제든 날씨만 좋아지면 저놈은 미친 듯이 스피츠를 물어뜯어 눈 위에 쓰러뜨리고 말 거야. 두고 보라니까."

프랑수아가 대꾸했다.

그 후로 벅과 스피츠 사이에는 싸움이 끊이지 않았다. 길잡이 개이자 동료들이 인정하는 팀의 우두머리인 스피츠는 남쪽 지방 출신인 이 별종 개에게 패권의 위협을 느꼈다. 스피츠에게 벅은 별종이 틀림없었다. 스피츠는 남쪽 지방 개들을 여럿 보았지만, 야영을 하는 것이든 썰매를 끄는 것이든 제대로 하는 놈은 한 놈도 없었다. 그 개들은 어느 놈 할 것 없이 약해빠져, 심한 노동과 혹독한 추위와 굶주림을 못 이기고 죽어버렸다. 하지만 벅만은 예외였다. 벅은 인내심이 강하고 훌륭히 성장했을 뿐만 아니라 힘으로나 사납기로나 노련함으로나 허스키에게 뒤지지 않았다. 그에게는 지배자다운 기질이 있었다. 이처럼 그를 위험한 존재로 만든 것은 빨간 스웨터 사나이, 그 자의 몽둥이가 가르쳐준 교훈이었다. 벅은 그 교훈 덕분에, 지배욕은 있었지만 맹목적인 용기라든가 경솔한 행동을 자제했다. 아주 영특한 벅은 태고의 원시적인 인내력으로 때를 기다릴 줄 알았다.

우두머리 자리를 차지하기 위한 싸움은 불가피했다. 벅은 그 싸움을 원했다. 그것이 그의 본성이었기 때문이다. 게다가 그는 썰매 개로서 가지는 형언할 수도, 이해할 수도 없는 자부심에 단단히 사로잡혔다. 그 자부심은 마지막 숨을 거둘 때까지 썰매를 끌게 만들고 썰매 장비에 매인 한 죽음을 달게 받아들이도록 하며, 그것에서 벗어나서는 잠시도 살 수 없을 만큼 비통함을 느끼게 하는 것이었다. 그것은 썰매 개 데이브의 자부심이자 전력을 다하여 썰매를 끄는 솔렉스의 자부심이었다. 그 자부심은 야영지를 떠날 때 개들의 마음을 사로잡아, 그들을 시무룩하고 음울한 짐승에서 부지런하고 열성적이며 야심만만한 생물로 탈바꿈시켰다. 그 자부심은 그들로 하여금 온종일 일에 박차를 가하게 하다가 밤에 야영을 할 때쯤이면 우울한 불안과 불만 속에 빠져들게 만들곤 했다. 또한 그 자부심은 스피츠를 견딜 수 있게 해주었고 그로 하여금 썰매를 끌 때 실수를 하거나 게으름을 피우는 개들이나 아침에 장비를 착용할 때 숨어버리는 개들을 혼낼 수 있게 해주었다. 사실 벅에게 길잡이 개의 지위를 빼앗길까 봐 두려워하는 것도 이 자부심 때문이었다. 그리고 벅은 벅대로 자신이 길잡이 개로서의 자격을 갖추었다고 생각하면서 그 자격에 자부심을 가졌다.

벅은 공공연하게 스피츠의 지도력을 위협했다. 스피츠가 게으름을 피우는 놈들에게 벌을 주려 하면 끼어들어 방해를 했다. 벅은 고의로 그렇게 방해를 했다. 어느 날 밤, 엄청나게 많은 눈이 내렸는데, 아침에 꾀병쟁이 파이크가 모습을 드러내지 않았다. 그는 30센티미터나 쌓인 눈 밑 잠자리 속에 꼭꼭 숨어 있었다. 프랑수아가 그를 부르고 찾아보았지만 헛일이었다. 스피츠는 몹시 화가 나서 미친 듯이 날뛰었다. 그는 야영지 주변을 미친 듯이 헤집고 다니면서 파이크가 숨었을 만한 곳은 어디든지 냄새를 맡고 파헤치며 무섭게 으르렁댔다. 숨은 곳에서 그 소리를 듣고 파이크는 벌벌 떨었다.

마침내 파이크를 찾아내자 스피츠가 녀석을 혼내주려고 덤벼들었다. 바로 그때, 벅이 스피츠에 뒤질세라 잽싸게 두 개 사이로 뛰어들었다. 전혀 뜻밖의 일이었고 벅의 동작이 너무나 빨랐기 때문에 스피츠는 뒤로 벌렁 넘어졌다. 겁을 먹고 떨던 파이크도 공공연한 벅의 반격에 용기를 얻어, 나동그라진 우두머리 스피츠에게 덤벼들었다. 공정한 싸움의 규칙 따위는 진작 저버린 벅도 스피츠에게 덤벼들었다. 하지만 프랑수아는 이 사건을 보고 킬킬 웃으면서도 법의 공정성을 확고히 지키기 위해 벅의 등에 채찍을 내리쳤다. 그런데도 벅은 나뒹군 적에게서 떨어질 줄 몰랐다. 이번에는 채찍 손잡이가 벅의 등으로 날아왔다. 이 타격에 벅은 반쯤 혼절하여 뒷걸음질칠 수밖에 없었다. 그러나 채찍은 계속해서 그에게 날아왔고 그 사이에 스피츠는 여러 번 규율을 어긴 파이크를 호되게 혼내주었다.

그날 이후로 도슨에 점점 가까이 접근해가는 며칠 동안에 벅은 스피츠와 규율을 어기는 놈들 사이에 계속 끼어들었다. 하지만 벅은 교묘하게 프랑수아가 없을 때만을 틈타 그렇게 했다. 벅의 은밀한 반란이 계속되자, 다른 썰매 개들도 점점 더 스피츠에게 반항하기 시작했다. 데이브와 솔렉스는 벅의 영향을 받지 않았으나 나머지 동료들은 점점 더 노골적으로 스피츠의 명령을 듣지 않았다. 사정이 이렇게 되다 보니, 무슨 일이든 더는 순조롭게 진행되지 않았다. 쉴 새 없이 으르렁거렸고 싸움이 끊이질 않았다. 끊임 없이 골칫거리가 생겼는데, 그 배후에는 언제나 벅이 있었다. 그런 벅을 두고, 프랑수아는 한시도 마음을 놓을 수가 없었다. 머지않아 스피츠와 벅 사이에 죽음을 건 사투가 벌어질 것을 늘 염려했던 것이다. 그렇기 때문에 프랑수아는 다른 개들이 다투는 소리만 들어도 혹시 벅과 스피츠가 싸우는 게 아닌가 싶어, 자다 말고 뛰쳐나오는 일이 한두 번이 아니었다.

그러나 결전의 기회는 오지 않았고, 그들은 다가올 맹렬한 결전의 날을 기약하며, 어느 적막한 오후, 도슨으로 들어섰다. 도슨에는 많은 사람과 셀 수 없을 정도로 많은 개들이 있었다. 그 개들은 어느 놈 할 것 없이 모두 다 일에 열중했다. 순간, 벅의 머릿속에는 개란 놈은 일을 해야 할 운명으로 타고난 것이라는 생각이 스쳤다. 하루 온종일 썰매를 이끌고 중심가를 오가는 개들이 줄을 이었다. 개들은 밤에도 딸랑딸랑 방울을 울리며 지나갔다. 개들은 오두막집용 통나무와 땔감을 광산까지 운반했고 산타클라라 밸리에서는 말이 하던 온갖 일들을 개들이 대신했다. 벅은 이곳저곳에서 남쪽 지방 개들과 마주쳤는데, 대부분이 사나운 늑대처럼 생긴 허스키들이었다. 그 개들은 매일 밤 9시, 12시, 3시만 되면, 어김없이 밤 노래, 섬뜩하고 기괴한 노래를 불렀다. 벅도 기꺼이 그 합창에 합류했다.

북극광이 머리 위에서 차갑게 타오르거나 별들이 차가운 하늘에서 깜빡이며 춤을 출 때, 대지가 하얀 눈의 장막에 덮여 감각을 잃고 꽁꽁 얼었을 때, 허스키들이 불러대는 이 노래는 삶에 대한 도전이었는지도 모른다. 그러나 길게 이어지는 울부짖음과 흐느낌이 섞인 단조음의 그 노래는 삶에 대한 탄원이자 생존의 고달픔의 표현이었다. 그것은 태곳적부터 내려온 종족의 옛 노래였다. 그 노래는 노래로 슬픔을 표현했던 원시 시대에 최초로 불렸던 노래들 중 하나였다. 그 노래 속에는 무수한 세대를 거치면서 내려온 유구한 역사의 비애가 깃들었고 이상하게도 그 비애는 벅을 흥분시켰다. 벅이 울부짖고 흐느껴 울 때, 그것은 야생의 옛 선조들이 경험한 삶의 고통이 소생하는 것이고, 옛 선조들이 느낀 추위와 어둠에 대한 공포와 신비가 소생하는 것이었다. 벅이 이 노래에 흥분하는 것은 그가 불과 집이 있는 문명 세계에서 벗어나 야생 동물들이 울부짖는 원시 시대에 태어난 야생 개로 되돌아간 것임을 의미했다.

도슨으로 들어선 지 일주일이 지나, 그들은 배럭스의 가파른 둑을 내려가 유니콘 트레일을 따라 다이에와 솔트워터로 향했다. 페로는 이번에 그 어떤 것보다도 긴급한 공문서를 배달하는 데다 이번 여정에 대한 자부심이 대단했던 만큼 그해의 최고 기록을 수립할 작정이었다. 이번에는 그에게 몇 가지 유리한 점이 있었다. 일주일의 휴식으로 개들이 체력을 완전히 회복했고 그들이 도슨으로 오면서 냈던 길은 이후 오가는 여행자들의 발길로 단단하게 다져졌다. 또한 경찰에서 개와 사람을 위한 식량 저장소를 두세 군데 설치해주었기 때문에 짐을 덜 수 있었다.

첫날에는 80킬로미터를 달려 식스티마일즈에 이르렀다. 그리고 이튿날에는 펠리로 가는 길목인 유콘 강에 도착했다. 그러나 이처럼 좋은 성적을 거둘 수 있었던 것은 프랑수아의 엄청난 고생과 고민이 뒤따랐기 때문이다. 벅을 주축으로 교묘하게 실행한 반역으로 인해 팀의 결속력은 파괴되었다. 썰매의 속박에서 벗어나려 했던 개들이 한두 마리가 아니었다. 벅의 선동으로 개들은 온갖 비행을 멋대로 저질렀다. 이제, 스피츠는 더는 무서운 우두머리가 아니었다. 개들은 모두 이제까지 느꼈던 두려움을 완전히 잊고 태연히 스피츠의 권위에 도전했다. 어느 날 밤 파이크가 스피츠의 고기를 반이나 빼앗아 벅의 보호 아래 꿀꺽 삼켜버렸다. 또 다른 날 밤에는 데이브와 조가 스피츠에게 대들었는데, 마땅히 받아야 할 벌을 교묘히 피했다. 순해터진 빌리마저 더는 순한 모습을 보이지 않았고 예전처럼 동정을 구하듯 애처롭게 울지 않았다. 벅은 스피츠에게 다가갈 때는 언제든지 위협적으로 으르렁대며 털을 곤두세웠다. 사실 벅의 행동은 깡패의 모습과 다름없었으며, 스피츠의 코앞을 보란 듯이 거만하게 왔다 갔다 하곤 했다.

규율이 무너지면서, 그 영향은 개들 상호 관계에도 미쳤다. 그들 사이에 싸움이 점점 빈번해져 어떤 때는 야영지가 울부짖음으로 큰 혼란에 빠지곤 했다. 하지만 데이브와 솔렉스만은, 끝없는 싸움 때문에 화를 잘 내긴 했지만, 그런 대로 평상심을 유지했다. 화가 머리끝까지 난 프랑수아는 온갖 이상한 욕설을 퍼부으며 눈을 짓밟고 머리카락을 쥐어뜯는 것으로 화풀이를 해댔다. 그는 쉴 새 없이 개들에게 채찍을 날렸지만 별 효과가 없었다. 프랑수아가 돌아서기만 하면 개들의 싸움은 다시 불붙었다. 그는 채찍으로 스피츠를 응원했고 반면 벅은 다른 동료들을 응원했다. 프랑수아는 모든 분쟁의 배후에 벅이 있다는 것을 알았다. 그리고 벅은 벅대로 그 사실을 프랑수아가 안다는 것을 알았다. 그러나 벅은 워낙 영리하다 보니 두 번 다시 현행범으로 잡히는 실수를 하지 않았다. 벅은 썰매 개로서의 직무는 충실히 수행했다. 그 노동이 그에게 기쁨을 주었기 때문이다. 하지만 교활하게 두 사람의 눈을 피해 동료들 사이에 싸움을 일으켜 썰매의 봇줄이 엉키게 만드는 일이 더욱더 즐거웠다.

어느 날 밤 타키나 강 어귀에서 저녁을 먹고 난 뒤 더브가 눈덧신토끼를 발견했는데, 우물쭈물하다가 놓치고 말았다. 순식간에 팀원 모두가 일제히 짖어대며 토끼를 쫓았다. 백 미터쯤 떨어진 곳에는 서북부 경찰의 야영지가 있었는데, 그곳에 있던 허스키들 오십여 마리도 추적에 가세했다. 토끼는 빠르게 강을 뛰어 내려가 작은 시내로 방향을 틀어 꽁꽁 언 얼음 바닥을 따라 거슬러 뛰어 올라갔다. 토끼는 눈 위를 날렵하게 달리는 반면에, 개들은 온힘을 다해 눈을 헤치며 쫓아갔다. 벅은 육십 마리나 되는 추적자의 선두에 서서 꼬불꼬불하게 이리저리 달아나는 토끼를 뒤쫓았으나 허사였다. 벅은 자세를 낮추고, 낑낑거리며 필사적으로 달렸는데, 껑충 도약할 때마다, 그의 훌륭한 자태가 파리한 달빛을 받아 빛났다. 마찬가지로 눈덧신토끼도 깡충깡충 뛸 때마다 서리의 요정처럼 번쩍였다.

인간들을 주기적으로 시끌벅적한 도시에서 숲과 들판으로 끌어내어 총으로 사냥감을 쏘아 죽이게 하는, 꿈틀거리는 오랜 본능, 피를 보고 싶은 욕망, 살생의 기쁨. 이 모든 것이 벅의 본능이었다. 다만 그의 본능은 인간의 본능보다 훨씬 더 본질적이었다. 그는 그 추적자 무리의 선두에 서서 야생 동물, 살아 있는 먹이를 쫓아 이빨로 물어뜯어 죽이고 주둥이에서 눈까지 뜨거운 피를 적시고 싶었다.

삶의 정점을 이루는 황홀경이 있다. 그리고 삶은 그 황홀경 너머로 오를 수는 없다. 그런 점은 일종의 생존의 역설이다. 이 황홀경은 가장 생기 있게 살아 있으면서도 살아 있다는 것을 완전히 망각했을 때 찾아온다. 이 황홀경, 생존에 대한 망각은 예술가가 창작열에 사로잡혀, 불타는 격정 속에 자신을 상실할 때 오는 것이고, 전장에서 광기에 사로잡힌 채 항복을 거부하는 병사에게 오는 것이다. 그런 황홀경이 벅에게 찾아온 것이다. 즉, 개들의 선두에 서서 태곳적 늑대의 울음소리를 내며, 달빛 사이로 재빨리 달아나는 살아 있는 먹이를 필사적으로 쫓는 벅에게 찾아온 것이다. 벅은 그의 본성 깊숙한 곳에서 약동하는 외침을 터트렸다. 벅은 아득히 먼 시간의 모태(母胎)에까지 거슬러 올라가, 자신도 알 수 없는 본능의 원천에서 그 외침을 토해냈다. 벅은 굽이치는 순수한 생명의 파도에, 존재의 물결에 사로잡혔고 근육과 관절과 힘줄 하나 하나가 완전한 환희로 넘쳤다. 그 환희야말로 모든 것이 살아 있다는 표시였다. 그것은 영원히 꺼지지 않을 것처럼 불타오르고 약동하며, 별빛 아래, 움직이지 않는 죽은 대지 위를 기뻐 날뛰면서 움직이는 가운데 자신을 표현했다.

그러나 스피츠는 흥분이 절정에 다다른 순간에도 냉정하게 계산하여, 개들 무리에서 떠나 개울이 크게 구부러진 곳의 좁은 길목을 가로질렀다. 벅이 그 사실을 눈치 채지 못하고 서리의 요정 같은 토끼를 여전히 눈앞에서 쫓아 긴 굽이를 돌아 달리려니, 쑥 내민 둑에서 갑자기 또 다른 더 커다란 서리 요정 같은 놈이 토끼 바로 앞으로 뛰어내렸다. 스피츠였다. 토끼는 방향을 바꿀 여유가 없었다. 하얀 이빨이 허공에서 토끼의 등뼈를 물었을 때 그놈은 마치 총에 맞은 사람처럼 날카로운 비명을 질렀다. 바로 이 소리, 죽음의 덫에 걸려 삶의 마지막 순간에 터져나왔다가 꺼져가는 그 외침을 듣자, 벅의 뒤를 따라오던 개들이 일제히 소름끼치는 환희의 함성을 내질렀다.

벅은 울부짖지 않았다. 그는 지체하지 않고 곧장 스피츠에게 덤벼들었다. 순간, 어깨와 어깨가 심하게 부딪치는 바람에 스피츠의 목을 놓치고 말았다. 그들은 눈가루를 흩날리며 엎치락뒤치락 뒹굴었다. 스피츠는 마치 뒹군 적이 없다는 듯 벌떡 일어나서 벅의 어깨를 덥석 물고는 재빨리 뒤로 물러났다. 얇은 입술을 위로 일그러뜨리고 사납게 으르렁거리며 적당한 자리로 물러섰을 때, 스피츠는 마치 덫의 위아래 강철 쇠가 맞물릴 때처럼 이빨을 두 번에 걸쳐 딱딱 맞부딪쳤다.

바로 그 순간 벅은 깨달았다. 드디어 때가 온 것이다. 바로 이 순간이 목숨을 걸어야 할 때인 것이다. 그들은 귀를 뒤로 젖힌 채 으르렁대고 열심히 상대방의 허점을 노리며 빙빙 돌았다. 그 광경이 벅에게는 생소하게 느껴지지 않았다. 하얀 숲도 대지도 달빛도 결전의 전율도 이미 경험해본 것처럼 생생했다. 고요한 순백의 설원 위에 유령이 나올 것만 같은 소름끼치는 정적이 감돌았다. 희미한 바람 소리조차 들리지 않았다. 아무것도 움직이지 않았고 나뭇잎 하나 흔들리지 않았다. 개들이 내쉬는 입김만이 천천히 피어올라 싸늘한 공기 중에 떠돌았다. 개들은 토끼를 눈 깜짝할 사이에 먹어치웠다. 그들은 야생 늑대나 다름없었다. 이제 그들은 곧 벌어질 혈투를 기대하며 벅과 스피츠를 빙 둘러쌌다. 그들도 침묵을 지키며 두 눈을 번득였고, 그들이 내뿜는 입김이 천천히 하늘 위로 올라갔다. 벅은 이 광경을 이미 오래전에 경험한 것만 같아, 새롭지도 낯

설지도 않았다. 늘 있었던 일처럼 예사롭게 느껴졌다.

스피츠는 노련한 싸움꾼이었다. 스피츠베르겐에서 북극 지방을 거쳐 캐나다와 배런스에 이르기까지 스피츠는 온갖 종류의 개들과 맞붙었지만, 어떤 개든 그 앞에서 무릎을 꿇었다. 그는 화를 냈다 하면 아주 매섭게 냈지만, 결코 분별없이 격분하지는 않았다. 적을 갈가리 찢어 죽이겠다고 벼르는 상황에서조차 적도 자신에 대해 똑같은 생각을 하리라는 것을 결코 잊지 않았다. 상대방의 돌격을 받아칠 준비를 갖추기 전까지는 결코 먼저 덤비지 않았고, 상대의 공격을 막아본 다음이 아니면 결코 먼저 공격하지 않았다.

벅은 이 커다란 흰 개의 목덜미를 물려고 분투했으나 실패하고 말았다. 그의 엄니가 상대의 부드러운 살점을 물려고 할 때마다 스피츠의 엄니가 반격을 가했다. 엄니와 엄니가 심하게 부딪치는 바람에 입술이 찢어져 피가 흘러내렸다. 벅은 적의 방어벽을 뚫을 수가 없었다. 마침내 흥분한 벅은 회오리바람처럼 스피츠 주위를 빙빙 돌면서 공격해 들어갔다. 몇 번이고 피부 가까이까지 생명이 끓어오르는, 눈처럼 새하얀 목덜미를 노렸다. 그때마다 스피츠는 벅을 물었다가 뒤로 물러나곤 했다. 그래서 이번에는 목을 노리는 척하다가 갑자기 머리를 움츠리고는 옆에서 방향을 틀어, 어깨로 스피츠의 어깨를 덮치려 했다. 상대를 쓰러뜨리려는 의도였다. 하지만 그것도 허사였다. 오히려 이번에도 벅은 어깨를 물렸고, 스피츠는 가볍게 물러섰다.

스피츠는 상처 하나 입지 않았지만 벅은 온몸에서 피를 흘리며 몹시 헐떡거렸다. 싸움은 점차 필사적으로 변해갔다. 그 사이에 늑대처럼 벅과 스피츠를 빙 둘러싼 개들은 어느 쪽이든 먼저 쓰러진 쪽을 먹어치우려고 기다렸다. 벅이 가쁜 숨을 몰아쉬자 이번에는 스피츠가 덤벼들었고 공격을 당한 벅은 계속 몸을 바로잡으려 애쓰며 비틀거렸다. 한번은 벅이 나뒹굴자 빙 에워싼 개 떼 육십 마리가 일제히 움직였다. 그러나 벅이 기운을 차리고 거의 공중제비를 하듯 자세를 바로잡자, 두 개를 둘러싼 개들은 다시 주저앉아 싸움의 결과를 기다렸다.

하지만 벅에게는 상상력이라고 하는 위대한 재능이 있었다. 벅은 본능적으로 싸웠지만, 두뇌로도 싸울 수 있었다. 그는 바로 전에 사용했던 어깨치기 전법을 시도하는 척 달려들다가 마지막 순간에 땅바닥의 눈 위로 몸을 숙이고 스피츠에게 파고들었다. 그의 이빨은 스피츠의 왼쪽 앞다리를 물었다. 우두둑하고 뼈가 부러졌다. 이제 흰 개는 세 발로 벅과 맞서야 했다. 벅은 세 차례나 상대를 넘어뜨리려 하면서 예의 그 수법으로 상대의 오른쪽 앞다리마저 물어 부러뜨렸다. 스피츠는 고통스럽고 속수무책인 위기 상황에서도 쓰러지지 않으려고 미친 듯이 바동거렸다. 그의 눈에 침묵의 원형이, 눈을 번들거리며 혀를 축 늘어뜨리고 은빛 입김을 하늘로 내뿜으며 자신에게 좁혀오는 것이 보였다. 그것은 이전에 본 적 있는, 자신이 굴복시킨 적들을 향해 좁혀가던 그 원형과 똑같아 보였다. 다만 이

번만은 패자가 자신이었다.

스피츠에게 희망은 없었다. 벅은 냉혹했다. 자비란 따뜻한 남쪽 지방에서나 통하는 얘기였다. 벅은 최후의 공격 태세에 돌입했다. 개들의 원형이 점점 좁아지면서 허스키의 숨결이 벅의 옆구리에 느껴졌다. 벅은 스피츠 맞은편과 양 옆으로 허스키들이 언제든지 덤벼들 태세로 몸을 도사린 채 시선을 자신에게 집중한 것을 보았다. 한순간 모든 것이 얼어붙고 정적이 흘렀다. 모든 동물들은 돌덩이로 변한 듯 미동조차 하지 않았다. 다만 스피츠만이 마치 닥쳐온 죽음을 위협하여 쫓아낼 듯이, 무섭게 위협적으로 으르렁대면서, 앞뒤로 비틀거리고 부들부들 몸을 떨며 털을 곤두세웠다. 바로 그때 벅이 재빨리 덤벼들었다가 물러섰다. 그는 다시 덤벼들었다. 하지만 이미 바로 전에 어깨와 어깨가 정면으로 부딪쳐, 벅이 스피츠에게 채 다가가기도 전에, 패자는 쓰러지고 말았다. 검은 원형 고리가 환한 달빛 아래 설원에서 한 점이 되자, 스피츠의 모습은 완전히 사라졌다. 벅은 가만히 서서 지켜보았다. 그것은 완벽한 승리이자, 살육을 하고 환희를 느끼는 패권자다운 야수의 모습이었다.

4
새로운 우두머리

"봐? 내가 뭐랬어? 벅이 두 배는 더 악마 같은 놈이라고 했잖아."

다음 날 아침, 스피츠가 보이지 않고 벅의 온몸이 상처투성이인 것을 발견했을 때 프랑수아가 한 말이었다. 그는 벅을 모닥불 가까이로 끌고 가서 불빛에 상처를 비춰보았다.

"스피츠 놈도 필사적으로 싸웠군."

페로가 크게 찢어지고 깊게 패인 벅의 상처들을 살펴보며 말했다.

"그놈보다 벅이 곱절은 더 필사적으로 싸웠을 거야."

프랑수아가 대답했다.

"이제 더는 말썽은 없겠어. 스피츠가 없으니 더는 시끄러운 일은 없겠지."

페로가 야영 장비를 꾸려서 썰매에 싣는 동안 개 몰이꾼은 개에게 썰매 장비를 채웠다. 벅은 스피츠가 지금까지 차지했던 우두머리 자리로 뚜벅뚜벅 걸어갔다. 그러나 벅을 보지 못한 프랑수아가 벅이 탐내는 그 위치에 솔렉스를 세웠다. 프랑수아의 판단으로는 솔렉스가 우두머리 개로서 가장 적당했던 것이다. 울화가 치민 벅은 솔렉스에게 덤벼들어 그를 쫓아내고 그를 대신하여 그 자리에 섰다.

"어어? 이놈 봐라?" 프랑수아는 유쾌한 듯이 허벅지를 딱 치며 외쳤다. "이 벅이란 놈 보게. 이놈이 스피츠를 죽였어. 이 자리를 뺏으려고 말이야."

"이놈아, 저리 비키지 못해!"

프랑수아가 소리쳤지만, 벅은 꿈쩍도 하지 않았다.

프랑수아는 벅의 목덜미를 잡고는, 아무리 위협적으로 으르렁거려도 녀석을 우두머리 자리에서 끌어내고 다시 솔렉스를 그 자리에 세웠다. 늙은 솔렉스는 그 자리를 꺼림칙해하며 벅이 두렵다는 태도를 노골적으로 보였다. 그런데도 프랑수아는 완고했다. 그러나 그가 등을 보인 순간, 벅이 또다시 솔렉스를 쫓아내고 그 자리를 차지했는데, 솔렉스는 그걸 조금도 꺼리는 기색 없이 기꺼이 물러났다.

프랑수아는 화를 냈다.

"너, 이놈! 네 놈을 가만 두지 않을 테다!"

이렇게 외치고는 묵직한 몽둥이를 들고 돌아왔다. 순간 벅은 빨간 스웨터 사내가 기억나 천천히 물러섰다. 솔렉스가 다시 선두에 섰지만, 벽은 감히 덤벼들 엄두를 내지 못했다. 다만 몽둥이가 미치지 않는 범위 내에서 원을 그리며 으르렁거리는 것으로 비통함과 분노를 표출했다. 그리고 그처럼 원을 그리며 도는 순간에도 프랑수아가 몽둥이를 날리면 피할 수 있게끔 몽둥이의 움직임을 찬찬히 지켜보았다. 이제 그는 몽둥이에 관한 한 도가 텄던 것이다.

프랑수아는 일에 착수했다. 그는 벽을 본래 자리인 데이브 앞에 세울 준비를 끝내자 그를 불렀다. 벽은 두세 걸음 뒤로 물러섰다. 프랑수아가 다가가자 그는 다시 뒤로 물러났다. 몇 번을 이러자 벽이 몽둥이질을 두려워하는 줄 알고 프랑수아는 몽둥이를 버렸다. 하지만 벽은 공공연히 항의를 계속해댔다. 그는 몽둥이를 피하려는 것이 아니라 선두 자리를 차지하고 싶었던 것이다. 그 자리는 마땅히 그의 것이었다. 그는 싸워서 그 자리를 얻은 것이니, 그보다 못한 자리로는 결코 만족할 수 없었다.

페로가 프랑수아를 거들었다. 둘이서 거의 한 시간 가까이 벽을 쫓아다녔다. 몽둥이를 던져보기도 했지만 벽은 그때마다 날쌔게 피했다. 페로와 프랑수아는 벽만이 아니라 그의 선대인 어미, 아비에게까지 욕설을 퍼부었다. 그뿐만 아니라 자자손손에 이르기까지, 심지어 몸뚱이의 털 하나하나, 혈관 속의 피 한 방울 한 방울에 이르기까지 들먹이면서 욕설을 퍼부었다. 하지만 벽은 그들의 욕설에 으르렁거림으로 대답하며, 여전히 붙잡히지 않을 만한 거리만큼 떨어져 있었다. 벅은 달아나려 하기보다는 두 사람에게서 조금 물러나면서 야영지를 빙빙 돌았다. 자신의 요구만 들어주면 그들에게 돌아가 말을 잘 듣겠노라는 명확한 의사 표시였다.

프랑수아는 땅바닥에 주저앉아서 머리를 긁적거렸다. 페로는 시계를 보며 욕설을 퍼부었다. 시간이 하염없이 날아갔다. 예정대로라면 그들은 이미 한 시간 전에 떠났어야 했다. 프랑수아는 다시 머리를 긁적거렸다. 그가 머리를 흔들며 집배원에게 멋쩍은 듯이 히죽 웃어 보이자, 집배원은 자신들이 졌다는 표시로 어깨를 으쓱해 보였다. 그러자 프랑수아는 솔렉스가 서 있는 자리에 가서 벅을 불렀다. 벅은 개가 웃는 웃음을 지어 보였지만 여전히 일정한 거리를 유지했다. 프랑수아는 솔렉스의 봇줄을 풀어 그를 본래 자리로 돌려보냈다. 비로소 썰매 개들은 썰매에 나란히 매이고 출발 준비를 갖추었다. 벅을 위한 선두 자리만이 비어 있었다. 프랑수아는 다시 한번 벅을 불렀다. 그러나 벅은 또 다시 웃고 있을 뿐 가까이 다가오지 않았다.

"몽둥이를 던져버려."

페로가 명령조로 말했다.

프랑수아가 페로의 말을 따르자 벅은 승리자가 된 듯 의기양양하게 웃으며 달려와, 한 바퀴 빙 돌아 선두 자리로 갔다. 그에게 마구를 채우자 썰매는 움직이기 시작했다. 마침내 두 사람은 썰매를 앞세우고 강에 난 썰매길로 힘차게 달렸다.

개 몰이꾼은 악마 두 마리 몫을 갖춘 벅을 예전부터 높이 사왔지만, 몇 시간이 지나지 않아 그것도 과소평가였음을 알게 됐다. 벅은 우두머리 개로서 길잡이 역할을 단숨에 수행해냈다. 정확한 판단력과 기민한 사고, 민첩한 행동이 요구될 때, 벅은 자신이 프랑수아가 길잡이 개로서 세상에 둘도 없는 최고의 개라고 생각했던 스피츠보다도 훨씬 더 뛰어나다는 것을 증명했다.

하지만 실질적으로 벅이 뛰어난 것은 규율을 정하고 동료들에게 그것을 지키게 하는 점에 있었다. 데이브와 솔렉스는 우두머리가 바뀐 것에 전혀 개의치 않았다. 그것은 그들에게 관심 밖의 일이었다. 그들의 본분은 봇줄에 매인 채 썰매를 끄는 일, 열심히 그것을 끄는 일이었다. 자신들의 본분에 저해되지 않는 한, 그들로서는 무슨 일이 일어나건 상관이 없었다. 설사, 순해터진 빌리가 선두에 선다 할지라도 질서만 깨지는 일 없이 유지된다면 그들은 전혀 개의치 않을 것이다. 하지만 그런 그들조차 벅이 스피츠가 죽기 며칠 전부터 제멋대로 행동하던 나머지 동료들을 다스려, 흐트러진 질서를 바로잡는 것을 보고는 상당히 놀랐다.

벅의 바로 뒤에서 끄는 파이크는 부득이한 경우가 아니면 가슴에 맨 봇줄에 필요 이상으로는 힘을 싣지 않았는데, 게으름을 피우지 말라는 벅의 눈총을 재차 신속하게 받자, 첫날이 채 끝나기도 전에 그 어느 때보다도 열성적으로 최선을 다해 썰매를 끌었다. 야영지에서 보낸 첫날 밤, 성질이 제법 까다로운 조가 벅에게 호되게 벌을 받았다. 스피츠도 쉽게 하지 못하던 일이었다. 벅은 육중한 몸으로 조를 깔아뭉개 숨을 못 쉬게 하고는 녀석이 물려고 하는 짓을 멈추고 흐느끼며 용서를 빌 때까지 혼내주었다.

그 즉시 팀 전체의 사기가 살아났다. 예전과 같은 단결심을 회복하고 개들은 다시 봇줄에 매인 채 한 몸이 되어 질주를 계속했다. 링크 래피즈에서 순종 허스키 두 마리, 티크와 쿠나가 팀에 새로이 합류했다. 벅이 순식간에 그들을 길들여놓으니, 프랑수아도 벅의 솜씨에 매우 감탄했다.

"내 평생 벅 같은 개는 처음이야!" 프랑수아가 소리쳤다. "정말, 저런 놈은 처음 봐! 저놈은 천 달러는 족히 나가겠어! 그렇지? 안 그런가, 페로?"

페로는 고개를 끄덕였다. 그는 이미 신기록을 세웠고 나날이 기록을 더욱 단축하는 중이었다. 길은 단단히 잘 다져져서 달리기에 최상의 조건이었고 새로 눈이 내려 애먹는 일도 일어나지 않았다. 날씨도 그리 심하게 춥지 않았다. 기온은 영하 50도로 떨어진 후에는 여행 내내 변동이 없었다. 두 사람은 번갈아가며 썰매를 타고 달렸다. 그리고 개들에겐 어쩌다가 휴식 시간을 주었을 뿐 계속 달리게 했다.

서티마일 강은 비교적 얼음이 두껍게 얼어서 올 때는 열흘이나 걸렸던 것을 돌아갈 때는 단 하루 만에 통과했다. 르바르주 호수 기슭에서 화이트 호스 래피즈까지 96킬로미터에 이르는 길을 단숨에 달렸다. 마쉬, 타기쉬 그리고 베넷〔112킬로미터에 걸친 호수〕을 가로지를 때는 너무 빨리 달려, 썰매를 타지 않은 사람은 썰매 뒤 밧줄에 매달려 끌려갔다. 2주가 다 지나간 마지막 날 밤, 그들은 화이트패스를 넘어 스캐그웨이 마을의 불빛과 선박의 등불을 굽어보면서 해안의 비탈길을 내려갔다.

달려온 거리는 기록적이었다. 그들은 14일 동안, 매일 평균 64킬로미터를 달렸다. 페로와 프랑수아는 사흘 동안이나 가슴을 쫙 펴고 스캐그웨이 거리를 활보하며, 여기저기에서 청하는 술자리에 초대를 받았다. 개들 또한 조련사나 개썰매꾼들에 둘러싸여 떠들썩한 예찬의 주인공이 되었다. 마침 그때, 서부 악당 서너 명이 도시를 털려고 나타났다가 허탕만 치고 총탄에 맞아 온몸이 벌집처럼 구멍투성이가 된 사건이 일어났다. 사람들의 관심은 바로 또 다른 우상으로 쏠렸다. 그 후 정부에서 지시가 내려왔다. 프랑수아는 자기 곁으로 벅을 불러 두 팔로 끌어안고 눈물을 흘렸다. 그리고 그것이 프랑수아와 페로와의 마지막이었다. 다른 사람들처럼, 그들도 벅의 삶에서 영원히 사라져버린 것이다.

스코틀랜드계 혼혈인이 벅과 그의 동료들의 새 주인이 되었다. 그 사나이는 열둘에 이르는 다른 썰매 팀들과 함께 도슨으로 돌아가는 피곤한 여행길에 올랐다. 이번 여행은 결코 가벼운 것도 그렇다고 기록을 단축하기 위한 것도 아니었다. 그저 날마다 무거운 짐을 끄는 중노동이 있을 뿐이었다. 그 일은 북쪽 땅의 음지에서 금을 찾는 사람들에게 세상 소식을 전달하는 우편 수송이었기 때문이다.

벅은 이 일이 마음에 들지 않았지만 데이브나 솔렉스의 태도를 본받아 자부심을 느끼려 애쓰며 잘 버티어냈다. 또한 다른 동료들이 자부심을 느끼든 말든 각자 제 몫의 일을 잘 하는지 살폈다. 그들은 매일 매일 기계처럼 정확하게 되풀이되는 단조로운 생활을 이어갔다. 그날이 그날 같았다. 매일 아침 일정한 시간이 되면, 요리사가 텐트 밖으로 나와 불을 지피고 아침을 먹었다. 아침식사가 끝나면, 몇 사람은 야영지를 치우고 다른 몇 사람은 개들에게 썰매 장비를 채우고는, 동이 트려면 한 시간이나 남은, 어둡고 이른 새벽에 출발했다. 밤이 되면 다시 야영을 했다. 어떤 이는 텐트를 쳤고 어떤 이는 땔감을 자르거나 잠자리에 쓸 소나무 가지를 꺾었다. 또 어떤 이는 요리를 위해 물이나 얼음을 날랐고 어떤 이는 개들에게 먹이를 주었다. 개들에겐 식사 시간이 하루 중에서 가장 즐거운 시간이었다. 물론 주어진 생선을 먹고 난 뒤 백여 마리나 되는 다른 개들과 한 시간가량 어슬렁거리는 것도 즐거웠다. 그들 중에는 사납고 싸움 잘하는 놈들도 여럿 있었다. 그러나 제일 사나운 놈과 세 번이나 싸워 벅이 승자가 되었기 때문에 벅이 털을 곤두세우고 이빨을 드러내기만 하면 어느 개든 길을 비켜주었다.

아마도 벅이 가장 좋아하는 건 모닥불 옆에 드러눕는 일일 것이다. 뒷발을 오므리고 앞발을 앞으로 쭉 뻗은 채 고개를 들고는 꿈꾸듯이 두 눈을 깜박거리며 모닥불의 불꽃을 쳐다보았다. 이따금씩 양지바른 산타클라라 밸리에 있는 밀러 판사의 대저택이며, 시멘트로 된 물탱크며, 털 없는 멕시코 산 개, 이자벨과 일본 발발이 종 투츠를 기억에 떠올리곤 했다. 하지만 그것보다도 더 자주 떠오르는 생각은 빨간 스웨터 차림의 사나이였고, 컬리의 죽음과 스피츠와의 사투, 그리고 이제까지 먹었던 음식이나 앞으로 먹고 싶은 맛좋은 음식이었다. 그는 향수병에 걸리지는 않았다. 따뜻한 남쪽 지방은 너무나 멀었던 만큼 그 기억은 희미했다. 따라서 그곳에서 있었던 옛 추억은 그에게 아무런 힘도 미치지 못했다. 훨씬 더 강렬하게 그를 사로잡은 것은 한 번도 본 적이 없지만 친숙하게 느껴지는 핏속에 흐르는 조상에 대한 기억이었다. 다시 말해, 세월이 흐르면서 그 힘이 약화되었지만, 여전히 지금까지도 그의 몸속에 잠재되어 있다가 다시 빠르게 되살아난 본능이었다. (이 본능은 이제 습성이 되어버린 조상에 대한 기억일 뿐이었다.)

이따금 그곳에 웅크리고 엎드려서 꿈꾸듯 눈을 깜박이며 모닥불을 보노라면, 그 모닥불이 마치 다른 세상의 모닥불처럼 보였고, 다른 세상의 모닥불 옆에 웅크리고 엎드려서 보노라면, 눈앞의 혼혈 요리사는 완전히 딴사람처럼 보였다. 이 다른 사람은 벅이 보아오던 사람보다 다리가 더 짧고 팔이 더 길었으며, 근육은 포동포동하지 않고 힘줄이 불거져나와 울퉁불퉁했다. 머리칼은 길고 헝클어졌으며, 머리 모양은 눈 바로 위에서부터 뒤로 경사졌다. 그 인간은 이상한 소리를 냈고, 어둠을 몹시 무서워하는 듯 보였다. 그는 무릎과 발 사이까지 내려온 손에 묵직한 돌을 달아맨 몽둥이를 쥔 채 어둠 속을 계속해서 살폈다. 그는 거의 벌거숭이나 다름없었다. 불에 그을린 너덜너덜한 가죽을 등에 걸쳤을 뿐이었는데 몸에는 털이 잔뜩 났다. 특히 어떤 부위, 그러니까 가슴에서 두 어깨에 걸쳐, 그리고 팔과 넓적다리 바깥쪽을 쭉 내려가며 털이 아주 덥수룩해 마치 두꺼운 모피를 덮은 것처럼 보였다. 그는 똑바로 서 있지 못하고, 엉덩이에서부터 몸통을 앞으로 숙이고 무릎을 구부린 자세를 취했다. 그의 몸에는 특별한 탄력성, 즉 고양이처럼 유연한 탄력성이 있었고 눈에 보이거나 보이지 않는 것들을 늘 두려워하며 사는 사람에게 나타나는 예민한 경계심이 있었다.

이 털북숭이 인간은 머리를 두 무릎 사이에 묻고는 모닥불 옆에 웅크린 채 잠들 때도 있었다. 그럴 때마다 마치 털북숭이 팔로 비라도 막으려는 듯 팔꿈치를 무릎에 세우고 두 손을 뒤통수 사이로 깍지를 끼었다. 그리고 모닥불 너머 근처의 어둠 속에는 석탄불처럼 타며 이글거리는 불꽃들이 많이 보였다. 어느 것이나 할 것 없이 둘씩 짝을 이뤘는데, 벅은 그것들이 커다란 맹수의 눈이라는 것을 알았다. 그리고 벅은 그 맹수들이 덤불 속을 헤치고 지나치는 소리와 밤중에 포효하는 소리도 들었다. 유콘 강변에서 흐릿한 눈으로 불을 바라보며 꿈속에 빠져드노라면, 이와 같은 다른 세계의 소리와 광경이 등줄기를 오싹하게 하고 양 어깨와 목덜미의 털을 곤두서게 했다. 급기야 벅은 나직하게 억누른 소리로 끙끙거리거나 조용하게 으르렁거렸다. 그러자 혼혈인 요리사가 "이봐, 벅, 그만 일어나!" 하고 벅에게 외쳐댔다. 그 소리를 듣는 순간, 다른 세계는 사라지고 현실 세계가 눈앞에 나타났다. 벅은 벌떡 일어나 마치 이제껏 자고 있었다는 듯 하품을 하고 기지개를 켰다.

우편물을 끄는 여정은 엄청난 고행이었다. 개들은 중노동에 점점 쇠약해갔다. 도슨에 도착했을 때, 개들은 모두 비쩍 말랐고 기력이 매우 약해졌다. 적어도 열흘에서 최소한 일주일은 쉬어야 했다. 하지만 이틀 뒤에 그들은 바깥 세계로 보내는 편지를 싣고 배럭스에서 유콘 강변을 따라 내려갔다. 개들은 몹시 지쳤고 개 몰이꾼들은 계속해서 투덜댔고, 설상가상으로 매일 눈이 내렸다. 계속해서 내리는 눈으로 인해 주행로가 단단하지 않아 썰매의 활주부에 마찰이 심해질 수밖에 없었고, 그만큼 썰매 개들은 더 힘을 내어 끌어야만 했다. 하지만 개 몰이꾼들은 언제나 공정했고 개들을 위해 최선을 다했다.

밤이 되면 그들은 우선적으로 개들을 돌봐주었다. 개들이 사람보다 먼저 밥을 먹었으며, 그 사람들은 자기가 부리는 개들의 발을 보살펴주기 전에는 잠자리에 들지 않았다. 하지만 그럼에도 개들의 기력은 점점 더 떨어졌다. 겨울 초입부터 그들은 무려 2천 8백 킬로미터나 여행을 했는데, 썰매를 끌고 가기에는 너무 벅찬 거리였다. 2천 8백 킬로미터를 달리면, 아무리 튼튼한 개라도 녹초가 될 수밖에 없었다. 벅도 지칠 대로 지쳤다. 하지만 그는 애써 인내하며 동료 개들이 일에서 뒤처지지 않도록 독려하는 한편 엄한 규칙을 준수하게 했다. 빌리는 밤마다 끙끙거리고 울었다. 조는 전보다 더 까다로워졌고, 솔렉스는 보이는 눈 쪽이든, 보이지 않는 눈 쪽이든 누구도 접근하지 못하게 했다.

그들 중에서 가장 고통스러워하는 녀석은 데이브였다. 녀석은 어딘가 몸이 좋지 않았다. 전보다 더 침울해지고 성을 잘 내었다. 텐트를 치자마자 금방 잠자리에 드러눕는 바람에, 개 몰이꾼이 직접 녀석에게 먹이를 갖다주었다. 녀석은 일단 썰매 장비에서 풀려나 잠자리에 누우면, 이튿날 아침에 썰매 장비를 채울 때까지 일어나지 않았다. 썰매를 끄는 와중에 이따금 썰매가 급정거하여 갑자기 뒤로 확 당겨지든가 썰매를 출발시키려 일시에 힘껏 잡아당기면 그는 고통스럽게 비명을 질렀다. 개 몰이꾼은 그를 살펴보았으나 아무런 이상한 구석도 발견할 수 없었다. 개 몰이꾼들 모두 데이브의 병세에 관심을 가졌다. 식사 때도, 자기 전에 마지막 담배 한 대를 피울 때도 데이브의 병세에 대해 걱정하는 얘기가 오갔다. 그러던 어느 날 밤 그들은 의논을 했다. 그러곤 데이브를 모닥불 옆으로 끌어내고는 녀석이 여러 번에 걸쳐 비명을 지를 때까지 온몸을 눌러보고 찔러보았다. 몸 안에 문제가 생긴 것 같았지만 어디에 골절이 생겼는지, 어디가 문제가 있는지 알 수가 없었다.

캐시어 바에 도착할 무렵, 데이브는 여러 번이나 쓰러질 만큼 쇠약해졌다. 스코틀랜드계 혼혈인이 썰매를 멈추게 하고는 데이브를 썰매 줄에서 풀어낸 후 그 옆 자리에 있던 솔렉스를 그 자리에 세우려 했다. 데이브를 자유롭게 풀어놓아 쉬게 해주려는 의도였다. 그러나 데이브는 몹시 아픈데도 썰매 팀에서 밀려나는 것에 분개해하며, 줄을 푸는 동안 내내 끙끙거리고 으르렁거렸다. 그리고 자신이 그토록 오랫동안 차지했던 자리에 솔렉스가 서는 것을 보자 몹시 애처롭게 울어댔다. 썰매를 끄는 것에 대단한 자부심을 느꼈기 때문에, 데이브는 아파서 죽을 지경인데도, 다른 개가 자신의 일을 대신하는 데에 참을 수 없는 비통함을 느꼈던 것이다.

썰매가 출발하자 데이브는 단단하게 다져진 썰매길 옆의 부드러운 눈 위를 힘겹게 달리면서 솔렉스를 물거나 부딪치거나 반대편에 쌓인 부드러운 눈 속으로 떠밀려고 했다. 또한 솔렉스와 봇줄 사이에 끼어들려고도 했다. 그렇게 하는 내내 슬픔과 고통으로 끙끙거리기도 하고 캥캥거리며 울기도 했다. 혼혈인이 채찍으로 녀석을 내쫓으려 했으나 따끔거리는 채찍질 정도로는 끄떡도 하지 않자 더는 세게 때릴 엄두가 나지 않았다. 데이브는 썰매 뒤를 따라 썰매가 지나간 길을 천천히 달리면 수월할 텐데도 고집스럽게 가장 달리기 어려운, 발이 깊게 빠지는 푹신한 눈 위를 허덕이며 달렸다. 결국 지칠 대로 지친 그는 쓰러지고 말았다. 그러고는 그 자리에서 긴 썰매 대열이 눈보라를 일으키며 지나는 것을 망연히 쳐다보며 애처롭게 울부짖었다.

그는 혼신의 힘을 다하여 썰매 대열이 다시 한번 멈출 때까지 비

틀거리며 따라갔다. 그는 휘청거리며 썰매 여러 대를 지나쳐, 자신
이 속한 썰매 곁에 이르자, 간신히 솔렉스 옆에 섰다. 개 몰이꾼이
뒷사람에게 담뱃불을 빌리기 위해서 잠시 멈춘 것이었다. 그는 담
뱃불을 빌리자마자 되돌아와 개들을 출발시켰다. 개들은 힘껏 앞으
로 썰매를 끌려 했지만 이상하게 너무나도 힘이 달렸다. 그들은 불
안한 마음으로 뒤돌아보고는 깜짝 놀라 멈춰 섰다. 개 몰이꾼도 깜
짝 놀랐다. 썰매가 제자리에서 움직이지 않았던 것이다. 그는 동료
들을 불러 현재 벌어지는 광경을 보라고 했다. 데이브가 솔렉스의
봇줄을 양쪽 다 물어뜯어놓고는 썰매 바로 앞쪽 자기 자리에 들어
가 서 있었던 것이다.

데이브의 눈은 그 자리에 있게 해달라고 애원했다. 개 몰이꾼은
몹시 난처했다. 그의 동료들은, 개라는 녀석들은 자신이 죽는 한이
있더라도 자신의 일에서 쫓겨나면 큰 슬픔에 빠진다는 사실을 알려
주었다. 그리고 늙어서 일을 못 하게 된 개나 부상을 당한 개가 더
는 썰매를 끌지 못하게 됐을 때 죽었던 예들을 상기시켜주었다. 또
한 어차피 데이브가 죽을 운명이라면 썰매를 끌다가 마음 편히 죽
게 해주는 것이 녀석에게 자비를 베푸는 것이라고 말해주었다. 개
몰이꾼은 동료의 충고를 받아들여, 데이브에게 다시 썰매 장비를
채워주었더니, 녀석은 몸속의 병에서 오는 고통으로 저도 모르게
여러 번 비명을 지르면서도 전과 다름없이 자랑스럽게 썰매를 끌었
다. 녀석은 몇 번이나 쓰러져 질질 끌려가기도 했는데, 한번은 쓰러

져 썰매에 치였고, 그 후로는 한쪽 뒷발을 절룩거리며 걸었다.

그런데도 녀석은 끝까지 버텨가며 야영지에 도착했다. 개 몰이꾼은 모닥불 옆에 녀석의 잠자리를 만들어주었다. 이튿날 아침, 데이브는 너무나 쇠약해져 더는 썰매를 끌 수가 없었다. 썰매 장비를 채울 시간이 되자 그는 개 몰이꾼에게 기어가려고 애를 썼다. 사력을 다해 겨우 일어섰지만 비틀거리며 걷다가 쓰러졌다. 그러자 녀석은 동료들에게 줄을 묶는 썰매 쪽을 향해 벌레처럼 느릿느릿 기어갔다. 앞발을 앞으로 내민 다음 몸을 앞으로 끌어당겼다. 그는 이 동작을 되풀이하여, 5,6센티미터씩 앞으로 나아갔다. 하지만 곧 기력이 완전히 바닥나 그렇게조차 움직일 수가 없었다. 눈 속에서 헐떡거리며 동료들에게 간절히 가고 싶어 하는 모습이 동료 썰매 개들이 본 데이브의 마지막 모습이었다. 그리고 그들은 강가의 숲 뒤로 사라질 때까지 데이브가 애처롭게 짖어대는 울음소리를 들었다.

데이브의 울음소리가 들리지 않을 즈음, 썰매가 갑자기 멈췄다. 스코틀랜드계 혼혈인이 방금 떠나온 야영지로 천천히 되돌아갔다. 떠들던 사람들이 일제히 말문을 닫았다. 그리고 총성이 한 방 울렸다. 혼혈인은 서둘러 돌아왔다. 채찍 소리와 함께 딸랑거리는 명랑한 방울 소리가 울리자 썰매의 행렬은 눈보라를 일으키면서 힘차게 앞으로 나아갔다. 그러나 벽은 물론이고 다른 모든 개들도 강가의 숲 뒤에서 무슨 일이 일어났는지 알고 있었다.

5
썰매를 끄는 일의 고통

도슨을 떠난 지 30일 만에 솔트워터 우편대는 벅이 이끄는 썰매 팀을 선두로 스캐그웨이에 도착했다. 썰매 개들은 지칠 대로 지친 비참한 상태였다. 벅의 몸무게는 64킬로그램에서 52킬로그램으로 줄었다. 그리고 다른 동료들은 본래 벅보다 가벼웠음에도 그에 비해 상대적으로 훨씬 더 많이 줄었다. 꾀병쟁이 파이크는 그동안 잘도 속여가며 종종 발을 다친 척했지만, 이번만은 진짜로 다리를 절었다. 솔렉스도 절었고 더브는 어깨뼈가 부러져 고통스러워했다.

그들 모두가 발이 심하게 아팠다. 뛰는 것은 물론이고 내디딜 힘조차 남아 있지 않았다. 무겁게 발걸음을 옮길 때면, 온몸이 떨리면서 여행의 피로가 배가되었다. 이처럼 완전히 녹초가 됐다는 사실을 제외하면, 개들에게 별다른 문제점은 없었다. 하지만 그들의 상태는 회복하는 것이 시간 문제일 수 있는, 단기간의 과로에서 온 기진맥진한 상태가 아니었다. 그것은 몇 달에 걸쳐 서서히 진을 빼며

일한 결과였다. 이제 그들에게는 회복할 힘도, 조금이나마 더 낼 기력도 남아 있지 않았다. 마지막 남은 최소한의 기력까지 소모하고 말았던 것이다. 모든 근육, 모든 신경섬유, 모든 세포가 지칠 대로 지쳐 완전 녹초가 되어 있었다. 그것은 당연한 결과였다. 그들은 채 5개월도 안 되는 동안에 4천 킬로미터나 달렸고 그중 마지막 2천 9백 킬로미터를 달리는 동안에는 불과 5일밖에 쉬지 못했다. 스캐그웨이에 도착했을 때는 너무 지쳐 제대로 걸을 수도 없었다. 개들은 썰매의 봇줄을 팽팽하게 당기지도 못했고 내리막길에서는, 뒤에서 달려오는 썰매를 겨우 피할 수 있을 뿐이었다.

"발이 아프겠지만 어서 가자."

개 몰이꾼은 스캐그웨이의 큰 거리를 비틀거리며 내려가는 개들을 독려했다.

"이게 마지막이야. 앞으로는 오랫동안 편히 쉬게 될 거야. 그래, 정말이야. 오랫동안 쉬게 해줄게."

개 몰이꾼들은 정말로 긴 휴식을 기대했다. 그들 자신도 이틀의 휴식만으로 1천 9백 킬로미터를 달려왔기 때문에 이성적으로는 물론 상식적으로 생각해보아도 어느 정도 쉬는 것이 당연했다. 하지만 클론다이크로 몰려든 사람들이 워낙 많은 만큼, 그곳까지 따라오지 못한 애인과 아내, 친척들이 보낸 우편물이 산더미같이 쌓여 있었다. 게다가 정부의 공문서들도 있었다. 더는 썰매를 끌 힘이 없는 개들은 허드슨 만의 기운찬 개들로 교체되었다. 그리고 쓸모없는 개들은 처분되어야 했다. 얼마간의 돈이라도 받고 팔 수 있다면, 그편이 나았기 때문에 개 몰이꾼은 그 개들을 팔아치우기로 했다.

사흘이 지날 무렵에야 벅과 그의 동료들은 자신들이 정말로 얼마나 지치고 쇠약해졌는지를 알게 되었다. 마침내 나흘째 아침이 밝아오자, 미국에서 온 두 사나이가 마구와 일체의 썰매 장비를 포함해 개들 전부를 헐값으로 샀다. 그 두 사람은 서로를 '헬'과 '찰스'라고 불렀다. 찰스는 살결이 흰 중년의 사내로 시력이 약해 보이는 눈에는 물기가 어려 있었고 콧수염은 위로 매섭고 힘차게 비틀려 올라가 있었다. 그런데 그 콧수염은 그 밑에 숨어 있는, 맥없이 축 처진 입술과 전혀 어울리지 않았다. 헬은 열아홉이나 스무 살쯤 돼 보이는 젊은이로, 대형 콜트 권총과 사냥용 단도를 탄약통이 잔뜩 꽂힌 벨트 위에 차고 있었다. 그의 몸에서 가장 두드러지게 눈에 띄는 것이 바로 그 벨트였다. 그것은 자신이 풋내기라는 걸, 뭐라 말할 수 없이 세상 물정 모르는 풋내기라는 걸 광고하고 다니는 꼴이었다. 두 사람 모두 이런 곳과는 어울리지 않아 보였는데, 이런 사람들이 왜 북쪽 땅에 위험을 무릅쓰고 발을 들여놓았는가는 도통 이해할 수 없는 수수께끼였다.

벅은 사람들이 흥정하는 소리를 들었고 그 사람과 정부 관리 사이에 돈이 오가는 것을 보았다. 벅은 그 순간 스코틀랜드계 혼혈인과 우편대의 개 몰이꾼들이 페로나 프랑수아와 그전에 스쳐 지나간 다른 사람들처럼 자기 삶에서 영원히 사라지려 하고 있음을 깨달았다. 동료들과 함께 새 주인의 야영지로 끌려가 보니, 눈에 띄는 것은 전부 초라하고 지저분했다. 텐트는 치다 말았고 접시는 씻지도 않은 채 나뒹굴었다. 그야말로 모든 것이 어수선했다. 벅의 눈에 한 여자가 들어왔다. 사내들은 그녀를 '머시디즈(Mercedes)'라고 불렀다. 그녀는 찰스의 아내고 핼의 누나로, 단란한 가족을 이루고 있었다.

벅은 그들이 텐트를 걷고 썰매에 짐을 싣는 모습을 불안한 마음으로 지켜보았다. 그들은 나름대로 열심히 일했지만 왠지 상당히 미숙해 보였다. 이를테면 텐트는 차곡차곡 접으면 그들이 접는 크기의 3분의 1로 접을 수 있는 것을 아무렇게나 뚤뚤 말았고 놋접시는 씻지도 않은 채 꾸렸다. 머시디즈는 사내들이 일하는 사이를 왔다 갔다 하면서 그들에게 쉴 새 없이 잔소리를 하기도 하고 조언을 하기도 했다. 사내들이 썰매 앞부분에 옷 보따리를 실어놓으면 뒤에 싣는 것이 좋다고 잔소리해댔고, 뒤쪽에 실어놓고 그 위에 두세 가지 다른 물건을 얹어놓으면 그 옷 보따리 속에 꼭 넣어야 할 물건을 넣지 않았다며 또다시 짐을 내리게 했다.

이웃한 텐트에서 세 사내가 나와 그 모습을 보고는 이를 드러내고 히죽거리며 서로에게 눈짓을 했다.

"짐이 정말 엄청나군요."

그들 중 한 사내가 말했다.

"주제넘은 말인지 모르지만 나 같으면 텐트는 가지고 가지 않겠어요."

"당치도 않소!"

머시디즈는 깜짝 놀라 두 손을 치켜들며 소리쳤다.

"도대체 텐트 없이 어떻게 지낸단 말이에요?"

"봄인걸요. 더는 날이 춥지 않을 겁니다."

사내가 대답했다.

그녀는 단호하게 고개를 가로저었고 찰스와 헬은 산더미처럼 쌓인 짐 위에 마지막 잡동사니를 실었다.

"그래가지고 썰매가 움직일 수나 있겠어요?" 한 사내가 말했다.

"못 움직일 건 뭡니까?"

찰스가 다소 무뚝뚝하게 말했다.

"아, 그래요. 그렇군요."

그 사내는 곧바로 점잖게 답했다.

"짐이 너무 많은 것 같아서 좀 걱정을 했을 뿐입니다."

찰스는 등을 돌린 채 썰매의 짐에 두른 밧줄을 최대한 힘껏 당겨 짐을 꾸렸는데, 아주 서툰 솜씨였다.

"물론 그 개들은 그만한 짐을 끌고 온종일 다닐 수도 있겠죠."

다른 사내가 말했다.

"물론이죠."

헬은 한 손에는 썰매채를 쥐고 다른 한 손으로는 채찍을 흔들면서 정중하면서도 냉정한 어조로 대답했다.

"자, 가자! 이랴!"

핼이 소리쳤다.

개들은 가슴에 둘러맨 봇줄에 힘을 주며, 몇 분간 열심히 끌다가 힘을 늦추었다. 썰매를 움직일 수 없었던 것이다.

"이 게으름뱅이 짐승들, 맛 좀 봐야겠군."

핼이 개들에게 채찍을 휘두를 준비를 하면서 소리쳤다.

바로 그 순간, 머시디즈가 끼어들어 소리쳤다.

"오, 핼, 그러면 안 돼."

그녀는 당장에 채찍을 움켜잡더니, 동생의 손에서 채찍을 빼앗았다.

"가엾은 녀석들! 너, 앞으로 여행하는 동안 개들을 학대하지 않겠다고 약속해. 안 그러면 난 한 발짝도 움직이지 않을 거야."

"누나가 개에 대해서 뭘 안다고 그래."

동생은 코웃음을 쳤다.

"누나는 참견하지 마. 이놈들이 게으름을 피우는 거란 말이야. 채찍 맛을 보지 않으면 일할 놈들이 아니라고. 개란 놈들은 본래 그래. 아무나 붙잡고 물어봐. 저 사람들한테 물어봐."

머시디즈는 개들이 고통을 당하는 걸 도저히 볼 수 없었던 심정을 말로는 표현하지 못하고 예쁘장한 얼굴에 괴로운 표정을 지으며 애원하듯이 세 사람을 쳐다보았다.

"솔직히 말해서 개들은 아주 지쳤어요."

세 사람 가운데 한 사람이 말했다.

"정말 지칠 대로 지쳤군요. 그게 문제지요. 녀석들에겐 휴식이 필요할 겁니다."

"무슨 빌어먹을 휴식이야."

수염도 나지 않은 풋내기, 핼이 말했다. 머시디즈가 동생의 거친 말투를 듣고 고통과 탄식에 찬 목소리로 말했다.

"오!"

그러나 그녀는 같은 핏줄인 동생을 생각하고는 곧 동생을 방어하고 나섰다.

"저 사람이 하는 얘기에 신경 쓰지 마."

그녀는 날카롭게 말했다.

"우리 개는 네가 부리는 거니까 네 마음대로 하렴."

또다시 핼의 채찍이 개들을 내리쳤다. 개들은 가슴에 둘러맨 봇줄에 몸무게를 싣고 다져진 눈이 파일 정도로 발에 힘을 주면서 몸을 최대한 낮춘 채 있는 힘을 다해 썰매를 끌었다. 그러나 썰매는 닻처럼 꿈쩍도 하지 않았다. 두 번이나 죽을힘을 다해 시도했으나 끝내 그들은 숨을 헐떡이며 서고 말았다. 채찍이 사납게 휙휙 소리를 내며 날아들었다. 그러자 머시디즈가 또다시 끼어들었다. 그녀는 눈물을 글썽이며 벅 앞에 무릎을 굽힌 채, 두 팔로 벅의 목을 끌어안았다.

"가엾은 녀석들!"

그녀는 동정 어린 목소리로 소리쳤다.

"왜 더 힘껏 끌지 못하니? 그러면 얻어맞지 않을 텐데."

벅은 이 여자가 그리 마음에 들지 않았다. 그러나 너무 비참한 기분이었기 때문에 그녀를 뿌리칠 마음도 생기지 않았다. 벅은 그 저 그것도 그날의 비참한 일의 일부로 받아들였다.

이때까지 되도록이면 험악한 말을 하지 않으려 이를 악문 채 참던 구경꾼 한 명이 끝내 말문을 열었다.

"당신들이야 어찌 되건 내 상관할 바 아니지만, 개들을 위해 한마디 해야겠소. 활주부를 보시오. 얼어붙어 있지 않소. 그 얼어붙은 썰매를 떼주어야 개들이 힘을 쓸 수 있지 않겠소. 몸무게를 실어 썰매채를 좌우로 흔들어보시오, 그러면 썰매가 떨어질 거요."

세 번째로 썰매를 움직이려 시도해보았다. 이번에는 구경꾼의 충고에 따라 핼이 눈에 얼어붙은 활주부를 땅바닥에서 떼어냈다. 산더미 같은 짐을 실은 썰매는 서서히 움직였고 벅과 그의 동료들은 비 오듯 쏟아지는 채찍을 맞으며 미친 듯이 몸부림쳤다. 길은 백 야드 앞에서 꾸부러지더니, 중심가 쪽으로 이어진 가파른 내리막길로 접어들었다. 그 태산같이 높게 짐을 실은 썰매를 제대로 몰려면 여간 노련한 사람이 아니고서는 불가능했는데, 핼은 그런 사람이 아니었다. 결국 모퉁이를 돌다가 썰매는 옆으로 쓰러지고 느슨해진 밧줄 사이로 짐의 절반이 내동댕이쳐지고 말았다. 하지만 개들은 멈추지 않고 달렸다. 가벼워진 썰매는 옆으로 쓰러진 채 톡톡 튀어오르면서 개들 뒤에서 끌려갔다. 개들은 자기들이 받은 학대와 터

무니없이 무겁게 실은 짐 때문에 화가 나 있었다. 벅도 미칠 듯이 화가 치밀었다. 그가 갑자기 마구 달리자 동료들도 그의 뒤를 따라 달렸다. 핼이 "워! 워!" 하고 고함을 질렀으나 그들은 들은 척도 하지 않았다. 핼이 발을 헛디뎌 쓰러지고 말았다. 뒤집힌 썰매가 쓰러진 그를 깔고 지나갔다. 개들은 거리를 헤집고 달려, 번화가 여기저기에 나머지 짐들을 뿌려놓으면서 스캐그웨이 거리를 웃음바다로 만들었다.

친절한 동네 주민들이 개들을 붙잡아주었고 흩어진 짐을 모아주었다. 또한 충고도 해주었다. 도슨까지 갈 작정이라면 짐을 반으로 줄이고 개의 숫자를 배로 늘리라고 했다. 핼과 그의 누나와 매형은 마지못해 그 충고를 받아들였고 텐트를 내리고 짐을 풀었다. 짐을 내릴 때 통조림이 굴러 떨어지는 것을 보고 사람들은 모두 웃어댔다. 장거리 썰매 여행에 통조림을 가지고 간다는 건 꿈 같은 이야기였기 때문이다. "호텔에서 쓸 담요요." 도와주던 한 남자가 웃으면서 말했다. "반만 가져가도 많소. 버리시오. 텐트와 접시들도 버리시오. 대체 누가 설거지를 하겠소? 아니, 무슨 침대차로 여행하는 줄 아시오?"

결국, 사람들 충고대로 필요 없는 물건은 사정없이 버려졌다. 머시디즈는 자신의 옷 보따리가 땅바닥에 내던져지고 물건이 하나씩 버려지는 것을 보고 울음을 터뜨렸다. 그녀는 계속 울었는데, 물건이 버려질 때마다 더욱더 소리 높여 울었다. 양팔로 무릎을 감싸 안은 채 이리저리 몸을 흔들며 흐느꼈다. 그녀는 결코 한 발짝도 움직이지 않을 거라고, 설사 한 꾸러미의 찰스가 말린다 해도 움직이지 않겠다고 단언했다. 그녀는 모든 사람과 모든 물건에게 하소연했으나 끝내는 눈물을 거두고, 꼭 필요한 옷가지까지 버리기 시작했다. 그녀는 너무 흥분한 나머지 자신의 물건을 모두 집어던지더니, 이번에는 남자들의 소지품에까지 달려들어, 마치 휩쓸고 지나가는 돌풍처럼 그 물건들을 사방으로 마구 집어던졌다. 이렇게 해서 짐이 반으로 줄긴 했으나 그래도 여전히 어마어마한 분량이었다. 찰스와 핼은 저녁때 나가 개 여섯 마리를 사왔다. 그리하여 썰매 팀은 맨 처음의 팀원이었던 여섯 마리에다 신기록을 경신한 여행 때 링크 래피즈에서 합류한 허스키 티크와 쿠나, 그리고 이번의 여섯 마리를 더하여 열네 마리가 되었다. 그러나 신참인 여섯 마리 개들은 이곳에 온 이후로 실제적인 적응 훈련을 받았는데도 그다지 쓸모가 없었다. 세 마리는 털이 짧은 포인터[에스파냐 원산지의 사냥개로 털이 짧고 대개 흰색 바탕에 검거나 붉은 반점이 있으며 날렵하고 냄새를 잘 맡는다]였고 한 마리는 뉴펀들랜드 종이었고 나머지 두 마리는 태생이 분명치 않은 잡종이었다. 그 신참들은 아무것도 모르는 것 같았다. 벅과 그의 동료들은 신참들에게 싸늘한 눈총을 주었다. 벅은 녀석들에게 서야 할 위치와 해선 안 될 일은 빨리 가르칠 수 있었지만 해야 할 일은 가르칠 수가 없었다. 녀석들은 썰매를 끄는 일에 적응하지 못했다. 두 마리의 잡종개를 제외하고 나머지 신참들은 자신들이 처한 기이

하고 야만적인 환경과 그곳에서 받은 가혹한 학대 때문에 어쩔 줄 모르고 기가 죽어 있었다. 두 마리 잡종개는 완전히 맥이 빠졌고, 물어뜯을 만한 곳은 뼈밖에 없을 정도로 삐쩍 말라 있었다.

신참들은 희망을 잃고 절망에 빠진 데다가 고참들은 2천 5백 마일이나 되는 거리를 쉬지 않고 달려 녹초가 된 상태였기 때문에 앞으로의 여정에 대한 전망은 결코 밝지 않았다. 그런데도 두 사내는 아주 명랑했다. 게다가 뿌듯한 모양이었다. 열네 마리나 되는 개를 부리고 있었기 때문이다. 그동안 그들은 고개 넘어 도슨으로 가거나 도슨에서 넘어오는 썰매 팀을 여럿 보았지만, 열네 마리나 되는 개들이 이끄는 썰매는 결코 본 적이 없었다. 북쪽 지방을 여행할 때, 한 대의 썰매를 열네 마리의 개가 끌어서는 안 되는 이유가 있었다. 그것은 한 대의 썰매로는 그 많은 개에게 먹일 식량을 나를 수가 없기 때문이다. 하지만 찰스와 헬은 이 사실을 알지 못했다. 그들은 그저 펜대를 굴리면서, 개 한 마리에 식량이 얼마나 들지, 모든 개로 환산하면 얼마나 들지, 그리고 예상 여행 기간을 감안하면 얼마나 들지 등을 계산했다. 그리고 그것으로 완벽하게 계산해 냈다고 생각했다. 머시디즈는 사내들의 어깨 너머로 들여다보고는 잘 알겠다는 듯이 고개를 끄덕였다. 이처럼 그들에게 계산은 아주 간단한 것이었다.

이튿날 아침, 벅은 느지막이 긴 썰매 팀을 이끌고 거리를 올라갔다. 그 썰매 팀에선 활기라곤 찾아볼 수 없었다. 벅과 그의 동료들에겐 걸어갈 기력도 없었다. 그렇게 그들은 극도로 지친 몸으로 썰매 여행에 나섰다. 그때까지 벅은 솔트 워터와 도슨 사이를 네 번이나 왕래했다. 그런데 지칠 대로 지친 상태에서 또다시 같은 썰매 길을 간다고 생각하니 화가 치미는 것을 견딜 수 없었다. 벅은 일할 마음이 나지 않았다. 어느 개나 같은 심정이었다. 소심한 신참들은 겁에 질렸고 고참들은 자기네 주인을 신뢰하지 않았다.

벅은 이 두 사내와 한 여자를 믿어서는 안 된다는 걸 어렴풋이 깨닫기 시작했다. 그들은 무슨 일이든 제대로 할 줄 몰랐고, 그렇다고 제대로 배울 줄도 모르는 인간들이라는 것이 날이 갈수록 명백해졌다. 그들은 모든 일처리에 느슨했고 질서나 원칙이 없었다. 텐트 하나 제대로 못 쳐서 한밤중까지 일해야 했고, 아침에 텐트를 걷어 썰매에 싣는 데도 반나절이나 걸렸다. 또한 너무나 엉성하게 짐을 실었던 탓에 출발하던 썰매를 다시 멈추고는 짐을 고쳐 싣느라 낮 시간을 다 허비했다. 사정이 이렇다 보니 16킬로미터도 못 가는 날이 있는가 하면 어떤 날은 출발도 하지 못했다. 그리고 사내들이 개의 먹이를 계산하는 데 근거로 삼았던 주행 거리의 반 이상을 가본 적이 단 하루도 없었다.

개의 먹이는 바닥날 수밖에 없었다. 그런데도 그들은 개들을 필요 이상으로 많이 먹여서 먹이가 바닥나는 날도 그만큼 빨리 찾아왔다. 굶주림에 길들여 있지 않은 데다, 위장이 소량의 음식으로 충분히 영양을 섭취할 수 있게끔 단련되어 있지 못한 신참들은 왕성

한 식욕을 보였다. 더욱이 기진맥진한 허스키들이 힘없이 썰매를 끄는 것을 보자, 핼은 현재의 제한된 먹이로는 너무 적다고 판단하고 양을 배로 늘렸다. 그뿐만이 아니었다. 머시디즈는 귀여운 눈에서 눈물방울을 짜내며 떨리는 목소리로 개에게 더 많은 먹이를 주라고 애원하는가 하면, 핼이 자신의 뜻에 따르지 않자, 생선 자루에서 생선을 훔쳐내어 몰래 개에게 먹이기도 했다. 하지만 정작 벅과 허스키들에게 필요한 것은 먹이가 아니라 휴식이었다. 비록 썰매는 천천히 끌었지만 무거운 짐 때문에 그들의 기력은 몹시 소진되고 있었다.

그러던 중 마침내 음식을 줄일 때가 닥치고 말았다. 어느 날, 핼은 개의 먹이가 반으로 줄어들었는데도 아직 4분의 1밖에 가지 못했다는 사실을 깨달았다. 그리고 또한 어떤 방법으로도 개의 먹이를 구할 수 없다는 사실을 깨달았다. 그래서 그는 먹이의 양을 줄이고 하루의 주행 거리를 늘리려고 애썼다. 그의 누나와 매형도 찬성했다. 그러나 그들은 너무나 무거운 짐과 자신들의 무능 때문에 좌절할 수밖에 없었다. 개의 먹이를 줄이는 것은 그리 어렵지 않았으나 더 빨리 달리게 하는 것은 불가능했다. 아침에 일찍 일어나 서두르지도 못했기 때문에 여행 시간을 더 늘리지도 못했다. 또한 그들은 개를 부릴 줄도 몰랐을 뿐 아니라 자신들이 어떻게 처신해야 하는지도 몰랐다.

맨 처음에 쓰러진 녀석은 더브였다. 그는 늘 서툴게 도둑질을 하다가 붙잡혀 벌을 받곤 했지만 그래도 충실한 일꾼이었다. 그는 어깨뼈를 삐었는데 치료도 받지 못했고 제대로 쉬지도 못했기 때문에 차차 병이 악화되어 회복할 수 없는 지경에 이르렀다. 결국 핼이 그를 대형 콜트 권총으로 쏘아 죽였다. 이 북쪽 땅에서는 외지에서 온 개가 허스키가 먹는 양만큼만 음식을 먹으면 굶어 죽는다고들 한다. 그 말대로라면 벅이 이끄는, 외지에서 온 여섯 마리 개들은 허스키가 먹는 음식의 절반밖에 먹지 못했기 때문에 죽을 수밖에 없었다. 뉴펀들랜드 종이 맨 먼저 죽었고 그 다음으로 털이 짧은 포인터 세 녀석이 뒤를 따랐다. 그리고 잡종, 두 녀석은 끈질기게 버티는가 싶더니, 결국엔 죽고 말았다.

이 무렵이 되자 세 사람에게선 남부 사람 특유의 온순함과 상냥함은 온데간데없이 사라졌다. 그들이 생각했던 북쪽 땅 여행이 더는 매력적이지도 낭만적이지도 않게 되자, 그것은 남자에게나 여자에게나 가혹한 현실이 되었다. 머시디즈는 이제 자신의 처지를 한탄하고 남편이나 동생하고 말다툼을 하느라 개들을 불쌍히 여길 여유도 없었다. 그들이 유일하게 지칠 줄 모르고 하는 일은 말다툼이었다. 그들의 신경질은 그들의 비참함에서 비롯된 것이었는데 그것은 비참함과 함께 증대되었고, 그 증대된 비참함에 따라 배가되더니 어느 순간에는 비참함보다 훨씬 더 커졌다. 힘겹게 일하고 극심한 고통을 겪으면서도 부드러운 말과 친절을 잊지 않는 개 몰이꾼의 훌륭한 인내심이 이 두 사내와 한 여자에게는 없었다. 그런 인내심은 흔적조차 보이지 않았다. 그들은 경직되었고 심한 고통을 느꼈다. 근육과 뼈는 몹시 쑤셨고 마음은 몹시 아팠다. 그 때문에 말씨는 말할 수 없이 거칠어져 아침에 잠에서 깨어 밤에 잠이 들 때까지 욕설이 그들의 입에 붙어다녔다.

찰스와 핼은 머시디즈가 기회만 만들어주면 말다툼을 벌였다. 그들은 저마다 자기 몫보다 더 많은 일을 한다고 굳게 믿으며 기회만 있으면 상대방에게 그 믿음을 상기시키려 했다. 머시디즈는 때로는 남편 편을 들기도 하고 때로는 동생 편을 들기도 했다. 그 결과 끝이 없는 지독한 가족 싸움이 되어버렸다. 한번은 모닥불을 피울 장작을 누가 팰 것인가를 놓고 언쟁(찰스와 핼, 두 사람만 관련된 언쟁)을 벌이게 됐다. 그 입씨름은 점차 가열되었고 다른 가족 성원들, 즉 아버지, 어머니, 삼촌, 사촌들, 심지어 몇천 킬로미터 떨어진 곳에 사는 사람들과 죽은 사람들까지 들먹이게 되었다. 핼의 예술관이라든가 그의 외삼촌이 쓴 사회극이 장작을 패는 일과 무슨 관계가 있는지 알 수 없는 노릇이었다. 그럼에도 그들 사이의 말다툼은 그런 방면으로 혹은 찰스의 정치적 편견 따위로 흐르기 일쑤였다. 그런데 머시디즈에게만큼은 찰스의 여동생이 여기저기 남의 말을 소문내고 다니는 것과 유콘 강가에서 모닥불을 지피는 것에 분명한 관계가 있었다. 머시디즈는 그 주제에 관해 장황하게 떠들어대더니, 그에 덧붙여 남편 집안의 좋지 못한 점을 몇 가지 늘어놓았다. 이러느라 모닥불은 피워지지 않았고 텐트는 절반가량 치다 만

상태로 있었으며, 개들은 쫄쫄 굶었다.

머시디즈는 특별한 불만을 키워갔다. 그것은 여성만이 가지는 불만이었다. 그녀는 아름답고 연약한 여성으로 지금까지 남자에게 정중한 대접을 받아왔는데 지금 보이는 남편과 동생의 태도는 정중함과는 거리가 멀었다. 사실 습관적인 무력함에 빠진 그녀는 아무런 도움이 되지 않는다. 두 남자는 그녀의 그런 점에 대해 불만을 토로했다. 남자들의 불만을 접한 그녀는 그녀대로 여성의 가장 본질적인 특권이라 생각되는 부분을 침해당했다고 여기고는 그들을 못살게 괴롭혔다. 그녀는 이제 개에 대해선 생각하지 않았고 몸이 몹시 아프고 피곤하니 썰매를 타고 가겠다고 고집을 부렸다. 아름답고 연약하다는 그녀는 54킬로그램이나 나갔다. 그것은 지칠 대로 지치고 굶주린 개들이 마지막 남은 한 방울의 기력까지 모두 짜내야 할 무게였다. 그녀가 며칠 동안이나 계속 썰매를 타고 간 끝에, 개들은 결국 쓰러지고 썰매는 멈추고 말았다. 찰스와 핼이 그녀에게 내려서 걸어가라고 부탁하고, 간청하고, 애원했지만 그녀는 울면서 신께 두 사내의 잔혹함을 계속해서 호소할 뿐이었다.

한번은 두 사람이 완력으로 그녀를 썰매에서 끌어내렸다. 하지만 그 후로 두 번 다시 그녀를 끌어낼 생각을 하지 못했다. 그녀는 때를 쓰는 아이처럼 절룩거리며 걷다가 길바닥에 주저앉고 말았던 것이다. 사내들이 내려두고 가버려도 꼼짝도 하지 않았다. 사내들은 그녀를 놓아두고 5킬로미터쯤 갔다가, 하는 수 없이 썰매에서 짐을 내리고 그녀에게 돌아와 또다시 완력으로 그녀를 썰매에 태워야 했다.

자신들이 너무나 비참한 상황에 처했기 때문에 그들은 개들의 고통에 대해서는 무감각해졌다. 헬은 사람은 강해져야 한다는 지론을 다른 사람들에게 가르치려 했다. 그는 그 지론을 자기 누나와 매형에게 설교하기 시작했다. 하지만 두 사람이 자신의 지론을 따르지 않자, 이번에는 개들에게 몽둥이를 휘두르며 자신의 지론을 가르치려 했다.

파이브핑거즈에서 개의 먹이가 바닥나고 말았다. 때마침 이 빠진 인디언 노파가 언 말가죽 몇 파운드와 헬이 커다란 사냥용 칼과 함께 엉덩이에 차고 있던 콜트 권총을 바꾸자고 제안했다. 그 말가죽은 음식 대용품으로는 보잘것없었다. 그것은 여섯 달 전에 한 농부의 아사한 말에게서 벗긴 가죽에 불과했다. 그것은 양철 조각같이 딱딱하게 얼어 있어서, 개들이 간신히 씹어 삼키면, 위 속에 들어가서 녹아 영양분이 전혀 없는 알팍한 가죽 끈으로 변했다가, 자극적이고 소화가 안 되는 짧은 털뭉치로 변해버렸다.

바로 그와 같은 일이 벌어지는 동안 내내 썰매의 선두에 선 벅은 마치 악몽 속을 헤매는 듯 휘청거리며 나아갔다. 썰매를 끌 수 있을 때는 끌었고 더 끌 수 없을 때는 쓰러졌다. 쓰러지면 언제나 몽둥이나 채찍이 날아왔고, 벅은 그제야 가까스로 일어섰다. 그 아름답던 털도 이제는 빳빳함과 윤기를 잃었다. 털은 힘없이 축 늘어지고 아주 더러워졌고, 헬의 몽둥이에 맞아 상처가 난 곳에는 마른 피가 엉겨 붙어 있었다. 근육은 말라비틀어진 나머지 매듭 지은 끈처럼 보였고 살점이라곤 찾아볼 수 없었다. 다만 주름지고 늘어진 가죽 속으로 갈비뼈와 다른 뼈들이 선명하게 드러나 있었다. 가슴이 찢어질 것만 같은 비참한 몰골이었지만, 마음만큼은 결코 변함이 없던 벅은 굴하지 않았다. 그것은 이미 빨간 스웨터 차림의 사나이가 입증한 사실이었다.

벅의 동료들도 벅의 몰골과 마찬가지였다. 그들은 걸어 다니는 해골이었다. 벅을 포함해서 모두 일곱 마리만이 남아 있었다. 너무나 비참한 상황에 처하게 된 그들은 채찍이 매섭게 살갗을 파고들어도, 몽둥이질이 깊은 상처를 내도 무감각해졌다. 눈에 보이는 것이나 귀에 들리는 것에 둔감해지고 무감해지듯이 맞는 고통에 대한 느낌도 둔해졌다. 그들은 반도, 아니 4분의 1도 목숨이 붙어 있지 않았다. 그들은 일곱 개의 뼈 자루나 다름없었고 그 자루 속에선 생명의 불꽃이 가냘프게 타고 있을 뿐이었다. 썰매가 멈출 때면, 그들은 죽은 듯이 그대로 길바닥에 쓰러졌다. 금방이라도 생명의 불꽃이 꺼질 것만 같았다. 몽둥이나 채찍이 날아들면, 그 불꽃은 가냘프게 타올랐고 그제야 그들은 가까스로 몸을 일으키고는 휘청거리며 걷기 시작했다.

마침내 어느 날 순한 빌리가 쓰러져 다시는 일어나지 못했다. 헬은 이미 권총을 말가죽과 바꾸었기 때문에, 권총을 대신하여 도끼

를 꺼내 들고, 봇줄을 맨 채 쓰러진 빌리의 머리를 내리쳤다. 그러
곤 썰매 장비를 풀고 시체를 끌고 갔다. 벅과 동료들은 그 광경을
지켜보면서 머지않아 자신들에게도 빌리와 같은 날이 닥쳐오리라
는 걸 깨달았다. 다음 날은 쿠나가 죽었고 이제는 다섯 마리밖에 남
지 않았다. 조는 너무 지쳐 심술을 부리지도 못했고 발을 다쳐 절름
거리는 파이크는 정신이 반쯤 나가, 꾀병을 부릴 정신도 없었다. 애
꾸눈 솔렉스는 여전히 봇줄에 매여 충실하게 썰매를 끌었지만, 그
토록 썰매를 끌 기운이 뚝 떨어진 것을 몹시 슬퍼했다. 티크는 겨울
장거리 여행을 경험해본 적이 없었던 데다가 신참인 만큼 다른 개
들에 비해 더욱더 고통스러워했다. 벅은 여전히 선두에 서서 팀을
이끌었으나 동료들에게 규율을 내세우거나 강요하지 않았다. 내내
기력이 몹시 쇠약해진 탓에 눈까지 침침해 앞을 제대로 볼 수도 없
는 처지였다. 그는 흐릿하게 보이는 길을 발의 둔한 감각만으로 더
듬으며 걸어갔다.

이윽고 화창한 봄이 찾아왔다. 하지만 개도 사람도 그 사실을 알
아차리지 못했다. 날이 갈수록 일출 시간이 빨라지고, 일몰 시간은
늦어졌다. 새벽 3시면 날이 밝았고, 밤 9시가 되어서야 땅거미가 졌
다. 긴긴 낮 시간 동안 강렬한 햇볕이 내리쬐었다. 유령 같은 겨울
의 침묵이 끝나고 만물이 소생하는 위대한 봄의 웅성거림이 찾아왔
다. 이 웅성거림이 생의 환희로 충만한 대기 전체에서 솟아났다. 그
것은 혹한의 긴긴 겨울 동안 죽은 듯 미동조차 하지 않다가 이제 다

시 소생하여 움직임을 되찾은 생물들이 내는 소리였다. 소나무엔 수액이 올랐고 버드나무와 미루나무는 움을 틔웠다. 또한 관목과 덩굴식물은 초록빛 옷으로 갈아입었다. 밤이면 귀뚜라미가 울었고 낮이면 온갖 벌레들이 햇볕이 드는 쪽으로 슬금슬금 기어다녔다. 숲에서는 자고[꿩과의 새로, 메추라기와 비슷하며 날개는 누런빛을 띤 녹색이고 등, 배, 꽁무늬는 누런 갈색이다]가 울어대고 딱따구리가 나무를 쪼아댔다. 새 들은 지저귀고 다람쥐는 재잘거렸다. 머리 위로는 남쪽에서 날아온 기러기들이 하늘에 멋진 쐐기 모양 편대를 형성하고 울어대면서 지나갔다.

도처 언덕에서 물이 졸졸 흐르는 소리, 눈에 보이지 않는 샘의 음악 소리가 들려왔다. 모든 것이 녹고 휘어지고 뚝 부러졌다. 유콘 강은 자신을 속박하는 얼음을 깨뜨리려고 꿈틀거렸다. 강물은 밑에 서 얼음을 녹였고 태양은 위에서 얼음을 녹였다. 얼음 여기저기에 서 공기 구멍이 생기고 균열이 가고 갈라졌다. 그런가 하면 얇은 얼음 조각들은 송두리째 강물에 녹아들었다. 이처럼 폭발하고 갈라지고 고동치며 모든 생명이 한창 소생할 때, 빛나는 태양 아래 부드럽게 살랑거리는 산들바람을 맞으며 두 남자와 한 여자, 그리고 허스키들이 죽음의 세계로 향하는 나그네들처럼 비틀거리며 걸어가고 있었다.

개들은 쓰러졌고, 머시디즈는 썰매에 올라탄 채 눈물을 그칠 줄 몰랐으며, 핼은 쓸데없이 욕설을 퍼부어댔다. 찰스는 수심 어린 눈으로 생각에 잠겨 있었다. 이윽고 그들은 비틀거리며 화이트 강 어귀에 있는 존 손톤의 야영지에 도착했다. 썰매가 멈추자마자, 개들은 숨이 끊어진 듯이 푹 쓰러지고 말았다. 머시디즈는 눈물을 닦고 존 손톤을 바라보았다. 찰스는 통나무에 걸터앉아 쉬었다. 몸이 뻣뻣하게 굳어진 듯 그는 아주 천천히 힘겹게 앉았다. 핼이 존 손톤에게 말을 걸었다. 존 손톤은 자작나무 토막으로 만든 도끼 자루를 마지막으로 다듬는 중이었다. 그는 나무를 다듬으면서 이야기를 듣고는 짧게 대답했다. 그리고 질문을 받았을 때는 간단하게 충고할 뿐이었다. 그는 상대가 어떤 부류의 인간인지 간파하고는 조언을 해봤자 따르지 않으리라는 걸 확신하고서 그저 간단하게 충고를 했다.

얼음이 녹기 시작해서 위험하다는 손톤의 충고에 핼이 이렇게 대꾸했다.

"위쪽 사람들도 썰매 길의 얼음이 녹고 있으니 출발을 보류하는 게 좋다고 하더군요. 하지만 그곳 사람들은 우리가 화이트 강까지도 못 갈 거라고 했는데, 우린 이렇게 왔잖아요."

그는 마지막 말을 조소 어린 목소리로 의기양양하게 내뱉었다.

"그 사람들 말은 결코 허튼소리가 아니오. 언제 얼음이 깨질지 모르오. 바보들, 그러니까 억세게 운 좋은 바보들이나 그런 짓을 할 수 있을 거요. 솔직히 나 같으면, 알래스카의 금을 통째로 준다고 해도 내 목숨을 걸고 그 얼음을 지나가지는 않겠소."

존 손톤이 대답했다.

"그야 당신은 바보가 아니니까 그렇겠죠. 아무튼 우리는 도슨까지 갈 겁니다."

헬이 그렇게 말하고 채찍을 휘둘렀다.

"일어나, 벅! 어이! 일어나! 어서 가자!"

손톤은 계속 도끼자루를 다듬었다. 그는 바보에게 바보짓 그만두라고 해봤자 헛일이라는 것을 잘 알았다. 더구나 바보 두세 명쯤 어떻게 된다고 해서 세상이 바뀔 것도 아니라고 생각했다.

그러나 썰매 개들은 헬의 명령에도 일어날 생각을 하지 않았다. 그들은 이미 오래전부터 매질을 당하지 않고서는 일어나지 않는 지경이었다. 무자비한 헬은 이곳저곳 가리지 않고 사정없이 채찍을 휘둘렀다. 존 손톤은 입술을 깨물었다. 맨 먼저 솔렉스가 가까스로 일어섰다. 티크가 그 뒤를 따랐다. 그 다음으로 조가 아픈지 신음 소리를 내며 일어섰다. 파이크는 이를 악물고 분투했다. 녀석은 두 번이나 반쯤 일어섰다가 쓰러졌고 세 번째에야 가까스로 일어났다. 벅은 조금도 일어날 기색을 보이지 않았다. 쓰러진 자리에서 꿈쩍도 하지 않았다. 채찍이 계속 그의 살갗을 파고들었지만, 그는 소리를 지르지도 버둥대지도 않았다. 손톤은 여러 번 무슨 말이든 하려다가 마음을 고쳐먹었다. 어느 순간 그의 눈에 눈물방울이 맺혔다. 채찍질이 계속되자, 손톤은 자리에서 일어나 어쩔 줄 몰라 하며 이리저리 왔다 갔다 했다.

벅이 일어서지 않은 것은 이번이 처음이었다. 그 사실 하나만으로도 헬을 화나게 만들기에 충분했다. 어느새 헬은 채찍 대신에 몽둥이를 들었다. 채찍보다 훨씬 더 아픈 몽둥이가 빗발치는데도 벅은 꿈쩍도 하지 않았다. 힘겹긴 했어도 동료들과 마찬가지로 그도 일어서는 데는 문제가 없었다. 하지만 다른 개들과 달리 일어서지 않겠다고 결심을 한 것이다. 그는 죽음의 그림자가 가까이 다가오고 있음을 막연히 느꼈다. 그 불길한 느낌은 그 강 기슭에 들어섰을 때 마음속에서 강하게 일었고, 그 뒤로 결코 사라지지 않았다. 그는 온종일 얼음을 밟고 지나오면서, 녹아가는 얇은 얼음의 감촉을 느꼈다. 그 사실로 미루어보아, 벅은 주인이 몰고 가려는 바로 앞에 있는 얼음 위에서 재난이 기다린다는 사실을 직감했다. 그는 꿈쩍도 하지 않았다. 그는 너무 고통스러워서, 또한 지칠 대로 지쳤기 때문에 몽둥이를 아무리 맞아도 크게 아픔을 느끼지 못했다. 몽둥이가 계속 그에게 빗발칠 때마다, 몸 안에서는 생명의 불꽃이 타올랐다가 사그라졌다. 그 불꽃은 거의 꺼져 있었다. 그는 이상하게 온몸이 무감각해지는 것을 느꼈다. 그는 매를 맞고 있다는 사실을 아득히 느낄 뿐 실감하지 못했다. 고통을 감지하는 최후의 감각마저 사라진 것이다. 이제 아무것도 느껴지지 않았다. 그저 몽둥이가 자신의 몸에 부딪치는 소리만이 아주 희미하게 들릴 뿐이었다. 하지만 그 몸마저 자신의 것이 아니며, 저 멀리 있는 것처럼 느껴졌다.

그때 갑자기 존 손톤이 예고도 없이, 알아들을 수 없는 짐승의 울부짖음 같은 이상한 소리를 내지르며 몽둥이를 휘두르는 사내에게 달려들었다. 헬은 쓰러지는 나무에 맞은 것처럼 뒤로 나자빠졌다. 그러자 머시디즈가 비명을 질렀다. 찰스는 수심에 잠긴 표정으로 멍하니 바라보며 눈물이 글썽거리는 눈을 닦을 뿐, 몸이 뻣뻣하게 굳어서 일어서지도 못했다.

어느새 손톤은 벅 곁에서 녀석을 굽어보고 있었다. 말문이 막힐 정도로 몹시 화가 난 그는 온몸을 부르르 떨며, 애써 자제했다.

"한 번만 더 이 개를 때려 봐, 죽여버릴 테니까."

그는 목이 메는 소리로 간신히 말했다.

"이놈은 내 개야."

헬이 일어나 입가의 피를 닦아가며 말했다.

"내 일에 참견하지 마. 안 그러면 가만두지 않겠어. 난 기필코 도슨으로 갈 거야."

손톤은 헬과 개 사이에 버티고 서서 물러설 기색을 보이지 않았다. 헬은 긴 사냥칼을 뽑아들었다. 머시디즈는 비명을 지르기도 하고 엉엉 울기도 하고 낄낄거리며 웃기도 했다. 그녀는 정신이 혼미한 히스테리 증세를 보였다. 손톤은 도끼 자루로 헬의 손목을 내리쳐 칼을 땅에 떨어뜨렸다. 그리고 헬이 칼을 집어 들려고 하자, 또다시 그의 손목을 내리쳤다. 그러곤 몸을 굽혀 그 칼을 집어 들더니, 그것을 두 번 휘둘러 벅의 봇줄을 잘라버렸다.

헬은 더 싸울 기력도 없었다. 게다가 그의 누나가 그의 두 손, 아니 두 팔을 꽉 붙잡고 놓아주지 않았다. 한편 벅은 거의 죽은 거나 다름없어서 더는 썰매를 끌 수도 없을 듯 보였다. 몇 분 뒤 그들은 강기슭을 따라 강 아래로 내려갔다. 벅은 그들이 떠나는 소리를 듣고 고개를 쳐들었다. 파이크가 선두에 서고 솔렉스가 맨 뒤쪽에 섰으며 그 사이에 조와 티크가 있었다. 어느 놈을 막론하고 절룩거리고 비틀거리며 걸었다. 머시디즈는 짐을 가득 실은 썰매 위에 타고 있었다. 핼이 썰매채를 쥔 채 개들을 몰았고 찰스는 뒤에서 비틀거리며 따라갔다.

그들이 떠나는 모습을 바라보고 있으려니, 손톤이 그의 곁으로 다가와 무릎을 굽히고는 거칠지만 다정한 손길로 혹 뼈가 부러진 곳이 없는지 살펴주었다. 여기저기 생긴 타박상과 심한 굶주림 말고는 별다른 이상이 없다는 것을 알았을 무렵, 썰매는 400미터나 멀어져가고 있었다. 개와 사람은 썰매가 얼음 위를 천천히 미끄러져가는 것을 바라보았다. 갑자기 썰매 맨 뒤쪽이 깊은 홈에 빠질 때처럼 푹 꺼지면서, 핼과 그가 쥐고 있던 썰매채가 공중으로 튀어올랐다. 거의 동시에 머시디즈의 비명 소리가 들렸다. 찰스가 그곳에서 빠져나가려고 돌아서 한 발 물러섰을 때, 그 근방의 얼음이 깨지면서, 개들도 사람들도 사라졌다. 보이는 것이라고는 크게 입을 벌린 구멍뿐이었다. 얼음이 녹아, 커다란 얼음 조각이 떨어져나간 것이다.

존 손톤과 벅은 서로의 얼굴을 쳐다보았다.

"불쌍한 녀석." 존 손톤이 한마디 말을 꺼내자, 벅은 그의 손을 핥았다.

6
사랑하는 사람을 위해

지난 12월, 존 손톤이 발에 동상을 입었을 때 동료들은 그가 편히 쉬어 건강을 회복할 수 있게 놔두고, 도슨으로 보낼 원목들을 실어 나를 뗏목을 가져오려고 강을 거슬러 올라갔다. 벅을 구해주었을 때만 해도 손톤은 발을 약간 절었는데 계속 날씨가 따뜻해지면서 거의 다 나았다. 벅은 긴 봄날 내내 강가에 누워 있기도 하고, 흐르는 강물을 바라보기도 하고, 새들이 지저귀는 소리와 자연의 웅성거림을 느긋하게 듣기도 하면서 조금씩 기력을 회복했다.

4천 8백 킬로미터나 여행을 한 후에 맛보는 휴식은 말할 수 없이 달콤했다. 그렇게 쉬다 보니, 상처가 낫고 근육이 솟아오르고 살이 붙으면서 게으름이 몸에 배어 떨어지지 않았다. 그러고 보면, 비단 벅뿐만 아니라 손톤, 스킷, 닉 등 모두가 빈둥대며, 도슨으로 자신들을 실어다 줄 뗏목을 기다렸다. 스킷은 작은 아일랜드 종 사냥개로, 일찌감치 벅과 친해졌다. 그 암캐는 벅이 다 죽어갈 지경일 때

처음 접근해왔고 벅은 화를 낼 기력도 없었다. 스킷에겐 어쩌다 특별한 개에게서 보이는 의사와 같은 면모가 있었다. 스킷은 어미 고양이가 새끼를 핥아주듯이 벅의 상처를 핥아서 깨끗이 치료해주었다. 아침마다 벅이 밥을 먹고 나면 그녀는 언제나 자진해서 그의 상처를 핥아주었는데, 나중에는 벅도 손톤의 손길을 기다리는 것만큼이나 그녀의 호의를 기다리게 되었다. 덩치가 아주 큰 검정개인 닉도 겉으로 드러내진 않았지만 벅에게 친근한 모습을 보여주었다. 녀석은 블러드하운드〔영국 원산의 개로 털이 짧고 큰 귀가 늘어졌으며, 얼굴에 주름이 잡혀 있다. 후각이 예민하여 추적용·수색용 경찰견으로 이용된다〕와 디어하운드〔사슴 사냥개로 몸집이 크고, 강하고 민첩하며 성질이 온순하다〕의 피가 반반 섞인 혼혈 개로, 언제나 웃는 눈에 한없이 순한 본성을 지녔다.

벅이 놀란 것은 이 스킷과 닉이 자신에게 조금도 질투심을 보이지 않는다는 사실이었다. 그들은 모두 존 손톤의 친절함과 관대함을 공유한 것 같았다. 벅이 차츰 기력을 회복해가자 그들은 온갖 재미있는 놀이에 그를 끌어들였다. 그럴 때면 손톤도 끼어들어 함께 놀았다. 벅은 이렇게 다른 두 녀석과 뛰어놀면서 회복기를 보내고 새로운 생활로 접어들었다. 사랑, 진실하고 열정적인 사랑이 처음으로 벅에게 찾아왔다. 양지 바른 산타클라라 밸리의 밀러 판사 댁에서도 경험해보지 못한 것이었다. 그는 판사의 아들과 사냥을 하거나 도보 여행을 할 때는 그저 일을 도와주는 동반자였고, 판사의 손자들에게 든든한 보호자였으며, 판사에게는 당당하고 위엄 있는 친구였다. 그런데 존 손톤은 비로소 뜨겁게 불타오르는 사랑, 열정적이고 미칠 듯한 사랑에 눈뜨게 해주었다.

손톤은 벅의 목숨을 구해준 생명의 은인이었다. 그것만으로도 정말 대단했는데, 그는 그 이상으로 이상적인 주인이었다. 보통 사람들은 의무감이나 사업상 편의 때문에 개를 돌보지만, 그는 본래 천성적인 성품이 그런지 개들을 친자식이라도 되는 양 애지중지 돌보았다. 실은 그 이상이었다. 그는 정다운 인사와 격려의 말을 잊지 않았는데, 앉아서 개들과 오랜 이야기를 나누는 것(그는 이것을 '수다'라고 했다)이 개들의 낙이자 그의 낙이기도 했다. 손톤은 두 손으로 힘껏 벅의 머리를 쥐고 자신의 머리를 그 위에 얹고 앞뒤로 흔들면서, 이런저런 욕설로 그를 불렀는데, 그것이 벅에게는 애칭으로 들렸다. 벅은 손톤의 거친 포옹과 짓궂은 욕설이 더할 나위 없이 좋았다. 그리고 손톤이 몸을 앞뒤로 세게 흔들 때마다 너무 황홀해 심장이 터질 것만 같았다. 그러다가 손톤이 놓아주면 벅은 펄쩍 뛰었는데, 그때 그의 입은 웃고 있었고, 눈은 감동에 젖어 있었고 목청은 그르렁거리는 소리로 떨렸다. 그대로 움직이지 않으면, 손톤은 자못 감탄한 듯이 소리쳤다. "오, 이럴 수가! 넌 말이라도 하겠구나!"

벅에게는 상대를 아프게 하는 것으로 애정을 표현하는 장난기가 있었다. 벅은 종종 이빨 자국이 남을 만큼 손톤의 손을 꽉 깨물곤 했는데, 벅이 주인의 짓궂은 욕설을 사랑의 말로 이해하듯이 손톤

역시 녀석의 무는 시늉을 애정의 표시로 이해했다.

그러나 벅의 사랑은 대부분 숭배로 표현되었다. 손톤이 자신을 만져주거나 말을 걸어주면 형언할 수 없는 행복감에 빠져들었지만, 그걸 벅 자신이 먼저 요구하지는 않았다. 스킷은 걸핏하면 손톤의 손 밑으로 코를 밀어넣고는 쓰다듬어줄 때까지 슬쩍 쿡쿡 찔러댔고, 닉은 가만히 다가와 손톤의 무릎 위에 커다란 머리를 올려놓곤 했지만 벅은 달랐다. 벅은 멀리 떨어져서 주인을 숭배하는 것으로 만족했다. 손톤의 발밑에 몇 시간이라도 누워서 주의 깊게 찬찬히 그의 얼굴을 들여다보고, 표정을 살피고 연구하며, 아주 세심하게 흥미를 가지고 순간적인 표정 변화는 물론이고 이목구비 하나하나의 미세한 움직임과 변화까지도 놓치지 않고 살폈다. 또한 기회가 있을 때마다 주인의 옆이나 뒤에 멀찌감치 누워 주인의 전체적인 윤곽과 이따금씩의 동작을 유심히 지켜보곤 했다. 그리고 그리하다 보면, 종종 둘 사이에 교감이 일어났다. 이를테면 벅의 강렬한 눈길에 이끌려 손톤이 벅을 향해 뒤돌아보곤 했는데, 그럴 때마다 손톤은 아무 말이 없었지만 그의 눈빛에는 벅이 그렇듯이 애정이 넘쳐났다.

손톤이 자신을 구해준 후, 한시라도 그를 보지 못하면 견딜 수가 없었다. 그가 텐트를 떠나는 순간부터 돌아올 때까지 벅은 그의 뒤를 따라다녔다. 북쪽 땅으로 온 후로 주인이 잇달아 바뀌었기 때문에, 벅의 마음에는 어떤 주인이든 언젠가 자기 곁을 떠나버릴 것이라는 공포감이 생겼다. 페로와 프랑수아와 스코틀랜드계 혼혈인이 사라졌듯이 손톤도 그의 인생에서 사라지지 않을까 하고 벅은 불안해했다. 심지어 밤에 꿈속에서조차 벅은 이런 공포에 시달렸다. 그럴 때마다 벅은 잠에서 깨어나, 차가운 공기를 뚫고 텐트 입구까지 살금살금 기어가서, 그곳에서 주인의 숨소리를 듣곤 했다.

이처럼 존 손톤에 대한 벅의 깊은 애정은 그가 안락한 문명에 길들여졌음을 보여주는 것 같지만, 그럼에도 북쪽 땅이 일깨워준 원시적인 본능은 여전히 벅의 내면에서 살아 꿈틀거렸다. 불과 지붕이 있는 가정의 문명 생활에서 생긴 충직함과 헌신이 벅의 몸에 배어 있긴 했다. 하지만 야성과 교활함은 잃지 않았다. 벅은 수많은 세대를 거치면서 생긴 문명화의 낙인을 지울 수 없는 따뜻한 남쪽 지방의 개라기보다는 오히려 야생에서 찾아와 존 손톤이 피운 모닥불 옆에 앉아 있는 야성의 개였다. 벅은 손톤을 너무나 사랑했기 때문에 손톤의 물건을 훔치진 않았지만, 다른 야영지에서 다른 사람들의 물건은 보는 즉시, 주저 없이 훔쳤다. 훔치는 솜씨가 얼마나 교묘했던지 결코 들키는 법이 없었다.

벅의 얼굴과 몸에는 수많은 개들에게 물린 자국들이 있었다. 그는 예전과 다름없이 사납게, 더욱더 영리하게 싸웠다. 스킷이나 닉은 너무 순해서 싸움 상대가 되지 못했다. 더구나 그들은 존 손톤의 개였다. 하지만 낯선 개들은 어떤 종이거나 아무리 용감한 개라도 재빨리 벅의 우세함을 인정했다. 그렇지 않으면 무시무시한 적수와 목숨을 건 싸움을 피할 수 없었다. 벅은 정말 무자비했다. 그는 몽둥이와 엄니의 법칙을 잘 알았다. 그렇기 때문에 그는 자신에게 유리한 기회를 놓친다거나 자신이 싸움을 건 적수에게서 살아 있는 한 물러서는 일이 절대로 없었다. 벅은 스피츠를 비롯해 경찰대와 우편대의 호전적인 우두머리 개들에게 배우면서, 싸움에서 어중간한 타협이란 없다는 걸 알게 됐다. 지배하느냐, 굴복하느냐, 둘 중 하나였다. 자비를 베푸는 것은 곧 약점을 드러내는 것이다. 야생의 삶이 지배하는 세계에서 자비란 존재하지 않았다. 자비는 두려움으로 오해를 받게 되고 그런 오해는 죽음을 불러올 수 있다. 죽느냐 죽이느냐, 먹느냐 먹히느냐, 그것이 싸움의 법칙이었다. 그는 아득히 먼 원시 시대에서 내려온 이 명령에 복종했다.

벅은 실제로 보고 느끼며 살아온 날들보다 더 나이를 먹었다고 할 수 있다. 그는 과거를 현재와 연결했다. 아득히 먼 과거에서 현재까지 무한한 세월이 힘찬 리듬에 맞춰 그의 몸속에서 고동쳤으며, 조수와 계절이 그 리듬에 맞추어 움직이듯이 그는 리듬에 맞추어 움직였다. 존 손톤이 피운 모닥불 옆에 웅크린 벅은 가슴이 떡 벌어지고 하얀 엄니와 긴 털을 가진 한 마리 개였다. 그러나 그의 배후에는 온갖 개의 망령들, 즉 반은 늑대의 피를 가진 개들과 야생 늑대들이 어슬렁거렸다. 그들은 그를 재촉하며 부추기고, 그가 먹는 고기의 맛을 보고, 그가 마시는 물을 탐내고, 그와 함께 바람 냄새를 맡고, 그와 함께 귀 기울이다가, 숲속 야생동물이 짖어대는 소리를 그에게 알려주고, 그의 기분을 조율하고, 그의 행동을 지도하고, 그가 누우면 함께 누워 자고, 함께 꿈을 꾸고, 때로는 그에게서 벗어나 그들 스스로가 그의 꿈에 나타나기도 했다.

이 망령들이 너무나 끈질기게 그를 유혹했다. 그럴수록 인간과 인간 세계는 날로 그에게서 멀어져갔다. 숲속 깊은 곳에서 자신을 부르는 소리가 들려왔다. 그 소리, 불가사의하고 전율을 느끼게 하는 매혹적인 그 소리를 들을 때마다 모닥불과 그 주위의 다져진 땅을 등지고 숲속을 향해 뛰쳐나가고 싶다는 욕망이 샘솟았다. 하지만 어디로 가야 할지, 왜 가야 할지 알 수 없었다. 그리고 그는 숲속 깊은 곳에서 도도하게 들려오는 그 소리가 어디서, 왜 들려오는지 궁금하지도 않았다. 하지만 아직 사람들의 발길이 닿지 않은 부드러운 땅과 푸른 숲속에 발을 내디딜 때마다, 존 손톤에 대한 사랑이 그를 다시 모닥불 가로 돌아가게 하곤 했다.

오직 손톤만이 그를 붙잡고 있었다. 나머지 인간들은 그에게 아무런 의미가 없었다. 우연히 지나가는 여행객들이 그를 칭찬하거나 쓰다듬어주곤 했지만 그는 냉담했고, 너무 지나치게 친근한 척하는 사람이 있으면, 벌떡 일어나 그 사람 곁에서 떠나곤 했다. 손톤의 동료인 한스와 피트가 고대하던 뗏목을 타고 돌아왔을 때도, 그들이 손톤과 가까운 사이라는 것을 알기 전까지는 못 본 체하며 무시했다. 그런 사실을 알고 나서야 그는 예의상 마지못해 그들의 호의를 받아들이는 듯이 수동적으로 그들의 친절을 받아들였다. 그 두 사람도 손톤과 마찬가지로 배짱이 두둑한 사람들로 땅과 더불어 살면서 소박하게 생각하고 세상의 이치를 제대로 볼 줄 알았다. 그들은 도슨의 제재소 옆, 커다랗게 소용돌이치는 강물에 뗏목을 띄우기 전에 벅의 성격을 파악하고는 스킷과 닉이 보여주는 것과 같은 친밀감을 그에게 강요하지 않았다.

하지만 손톤에 대한 애정만큼은 날로 커져가는 것 같았다. 여름에 여행을 하는 동안 벅의 등에 짐을 실을 수 있었던 사람은 손톤뿐이었다. 벅은 손톤이 시키는 것이라면 아무리 어려운 일이라도 마다하지 않았다. 어느 날(뗏목의 수익금으로 여행 준비물을 갖추고 강의 수원지를 향해 도슨을 출발했을 때) 세 사람과 개들은 벼랑 위에 앉아 있었다. 깎아지른 듯한 3미터 벼랑 밑으로 벌거숭이 기반암(基盤巖)이 내려다보였다. 존 손톤이 벼랑 가까이 앉았고 벅은 그의 어깨 곁에 앉아 있었다. 갑자기 손톤은 경솔한 장난기가 발동해, 한스와 피트에게 자신이 생각해낸 실험에 주목하라고 했다. "벅, 뛰어내려!" 손톤은 팔을 내밀어 벼랑 아래를 가리키며 명령했다. 다음 순간, 손톤은 벼랑 끝에서 뛰어내리려는 벅을 꽉 붙잡았고, 한스와 피트는 손톤과 벅을 안전한 장소로 끌어당겼다.

"아찔했어."

상황이 마무리되고 말문을 열 정도로 여유가 생기자 피트가 말했다.

손톤은 고개를 가로저었다.

"아니야, 녀석, 정말 멋졌어. 섬뜩하기도 했지만. 녀석, 가끔 무서울 때가 있다니까."

"이놈이 곁에 있는 한 자네한테 손가락 하나 못 대겠는걸."

피트가 벅 쪽을 향해 고개를 끄덕이며 단호하게 말했다.

"그러게 말이야!"

한스가 맞장구를 쳤다.

"나도 자네를 함부로 대하지 못하겠는걸."

그해가 가기 전에 실제로 서클시티에서 피트가 염려했던 일이 일어났다. 성질이 고약하고 심술궂은 '흑인' 버튼이 술집에서 어떤 풋내기를 붙들고 말다툼을 벌일 때 손톤이 끼어들어 좋은 마음에서 두 사람을 말렸다. 벅은 평소처럼 한쪽 구석에 누워 발 위에 머리를 얹고 주인의 행동 하나하나를 지켜보았다. 그런데 어느 순간, 버튼이 느닷없이 손톤의 어깨를 정면으로 쳤다. 손톤은 일순간 휘청거리며 넘어질 뻔하다가 바의 가로대를 붙잡고 간신히 몸을 바로잡았다.

가만히 지켜보던 사람들의 귀에 짖는 소리도 아니고 우는 소리도 아닌, 포효라는 말이 가장 어울리는 소리가 들렸다. 순간 사람들의 눈에는 벅이 버튼의 목덜미를 향해 공중으로 뛰어오르는 것이 보였다. 그 사내는 본능적으로 팔을 올려 목숨을 건질 수 있었지만, 바닥으로 벌렁 나자빠지면서 벅에게 깔리고 말았다. 벅은 팔뚝을 물었던 이빨을 풀고 다시 한번 목을 노렸다. 이번에는 막지도 못하고 사내는 목을 내주어야 했다. 이때 사람들이 달려들어 버튼에게서 벅을 떼어놓았다. 외과의사가 지혈을 하는 동안에도 벅은 이리저리 돌아다니며 사납게 으르렁대면서 사내에게 덤벼들 기세였다. 하지만 악의적인 몽둥이들이 줄지어 서 있었기에 뒤로 물러나야 했다. 즉석에서 열린 '광부들의 모임'은 개가 성을 낸 데는 충분한 이유가 있었다고 판정하고 벅의 행위를 무죄로 결정했다. 이 일로 벅은 유명해졌고, 그날 이후로 그의 이름이 알래스카 야영지 전역에 퍼졌다.

그해 가을, 벅은 전혀 다른 방법으로 손톤의 생명을 구하게 되었다. 세 명의 동료는 포티마일 강에서 심한 급류에 휩쓸린, 길고 가는 상앗대로 젓는 배 한 척을 끌어내려 애쓰고 있었다. 한스와 피트는 강기슭을 내려가며, 배에 연결된 마닐라 삼 밧줄을 이 나무 저 나무에 감아가는 것으로 배의 이동을 통제했고, 손톤은 배 안에서 상앗대로 배를 조종하며 강둑에 있는 두 사람에게 고함을 질러 배가 나아가야 할 방향을 지시했다. 벅은 걱정과 불안에 사로잡힌 나머지 주인에게서 절대로 눈을 떼지 않은 채 배를 쫓아 강가를 걸어갔다.

배가 암초 모서리가 물 밖으로 튀어나온 아주 험한 곳에 이르자, 한스는 팽팽했던 밧줄을 느슨하게 풀었다. 그러곤 손톤이 상앗대를 저어 배의 방향을 조종하는 동안, 배가 암초를 벗어나는 순간 끌어당길 작정으로 밧줄 끝을 손에 쥐고 강가를 달렸다. 배는 암초를 벗어나 물레방아에서 떨어지는 물줄기처럼 급류를 타고 물길을 아주 빠르게 내려갔다. 그때 한스가 배를 멈추려 밧줄을 잡아당겼다. 한데 너무 갑작스럽게 잡아당겼다. 일순간 배가 뒤집히고, 뱃바닥이 하늘을 향한 채 기슭으로 끌려왔다. 한편 손톤은 내동댕이쳐져 물속에 처박히고는 제아무리 수영의 명수라도 헤엄쳐 살아나올 수 없는 거센 급류 쪽으로 떠내려갔다.

벅은 순식간에 물속으로 뛰어들었고 미친 듯이 소용돌이치는 급류를 3백 미터나 헤엄쳐 나가서 손톤을 따라잡았다. 벅은 손톤이 자신의 꼬리를 잡는 것을 느끼자 엄청난 힘을 발휘해 기슭을 향해 헤엄을 쳤다. 하지만 물살에 떠밀려가는 속도가 굉장히 빠른 데 반해, 기슭으로 가는 속도는 아주 느렸다. 아래쪽에서 무섭게 포효하는 물소리가 들려왔다. 그곳에서는 물살이 더욱 거셌고 여기저기 거대한 빗살처럼 생긴 암초들이 물길 앞에 버티고 있어 물길이 갈라지고 물보라가 일었다. 마지막 급경사에 접어들자 물이 아주 거세게 손톤과 벅을 빨아들였다. 손톤은 기슭으로 빠져나가는 것이 불가능하다는 걸 알았다. 하나의 암초를 거세게 스쳐 지나가자, 또 다른 바위가 연달아 나타났다. 두 번째 암초에 타박상을 입었고 세 번째 암초에는 몸이 부서질 것처럼 아주 세게 부딪혔다. 그는 벅을 잡은 손을 놓고 암초의 미끌미끌한 표면을 양 손으로 꽉 붙든 채 거품을 일으키며 내는 사나운 물소리보다도 더 크게 고함쳤다.

"가, 벅! 가!"

벅은 자신의 몸마저도 가눌 수가 없었다. 필사적으로 몸부림쳤지만, 거센 물살에 떠내려갈 뿐 주인에게 돌아갈 수가 없었다. 벅은 반복해서 외쳐대는 손톤의 명령을 듣고는 마지막으로 주인을 보려는 듯이 머리를 수면으로 높이 쳐들었다. 그러곤 주인의 명령에 따라 몸을 돌려 순순히 기슭으로 갔다. 필사적으로 헤엄을 치던 그가 더는 헤엄을 치지 못하고 익사하려는 순간 피트와 한스가 그를 기슭으로 끌어올렸다.

두 사람은 거센 물살 앞에서 미끌미끌한 바위에 사람이 매달려 있을 수 있는 시간은 기껏해야 몇 분밖에 되지 않으리라는 것을 알았다. 그들은 손톤이 매달린 바위보다 위쪽을 향해 필사적으로 기슭을 거슬러 올라갔다. 그러곤 배를 끌어당기는 데 썼던 밧줄을 목을 조르거나 헤엄을 치는 데 지장이 없도록 조심스럽게 벅의 어깨와 목에 매어주고서, 벅이 물속으로 뛰어들게 했다. 벅은 용감하게 헤엄쳐나갔지만, 물길을 제대로 타지 못했다. 그가 실수를 깨달았을 때는 이미 늦었다. 그는 손톤과 나란히 있는 데다가 불과 대여섯 번만 헤엄치면 손톤과 닿을 수 있는 거리까지 와놓고는 어쩌지 못하고 떠내려갔다.

한스는 벅이 마치 배인 것처럼 벅에게 맨 밧줄을 재빨리 잡아당겼다. 거센 물살 속에서 밧줄이 팽팽히 당겨지자, 벅은 물속에 잠긴 채로 강기슭까지 끌어올려졌다. 벅은 반쯤 익사한 상태였다. 한스와 피트는 벅의 몸에 올라탄 채 가슴을 두드려 숨을 쉬게 하고 물을 토하게 했다. 벽은 휘청거리며 일어섰다가 푹 쓰러졌다. 그 순간 손톤의 목소리가 어렴풋이 들려왔다. 그들은 손톤의 말을 알아들을 수는 없었지만, 그가 매우 위급한 상황에 놓였다는 건 알 수 있었다. 주인의 목소리를 듣자 벽은 전기 충격을 받기라도 한 듯 벌떡 일어섰다. 그러고는 두 사람보다 먼저 좀 전에 물속으로 뛰어들었던 강기슭으로 달려갔다.

벽은 다시 밧줄을 매고 물속으로 뛰어들었다. 그는 헤엄쳐 이번에는 제대로 물길을 탔다. 벽은 한 번은 실수를 했지만 두 번 다시 실수하지 않으리라 단단히 마음먹었다. 한스는 밧줄을 풀면서 너무 느슨해지지 않도록 신경을 썼고 피트는 밧줄이 엉키지 않도록 주의했다. 벽은 손톤과 일직선이 되는 상류까지 쉬지 않고 헤엄쳐갔다. 그러곤 바로 그곳에서 몸을 손톤 쪽으로 돌리고는 그를 향해 급행열차처럼 돌진했다. 순간 손톤은 벽이 다가오는 것을 보았다. 밀어닥치는 급류의 물살에 벽이 망치로 내리치듯이 그에게 덮치자 그는 두 팔을 뻗어 벽의 털북숭이 목덜미를 붙잡았다. 한스가 밧줄을 당겨 나무에 감았고, 벽과 손톤은 물속으로 푹 빠져들었다. 그들은 목이 조이고 숨이 막힌 채, 서로 엎치락뒤치락 수면으로 떠올랐다 가라앉았다 해가며 끌려왔다. 울퉁불퉁한 강바닥에 질질 끌리기도 하고 암초와 물속에 쓰러진 나무에 부딪히기도 해가며 그들은 조금씩 기슭으로 끌려나왔다.

한스와 피트는 손톤을 떠내려온 통나무 위에 엎어놓고 심하게 이리저리 굴렸다. 그러자 손톤은 정신을 차렸다. 정신을 차린 손톤은 맨 먼저 벅을 찾았다. 축 늘어진 벅은 죽은 듯이 보였다. 닉은 벅 옆에서 짖어댔고 스킷은 벅의 젖은 얼굴과 꼭 감은 눈을 핥았다. 손톤은 온몸이 상처투성이였지만, 먼저 벅의 몸을 주의 깊게 살펴보았다. 늑골이 세 군데나 부러져 있었다.

"사정이 이러니, 여기서 야영을 해야겠어."

손톤이 말했다.

그리하여 그들은 늑골이 다시 붙어 벅이 움직일 수 있을 때까지 그곳에서 야영을 했다.

그해 겨울 벅은 도슨에서 또 하나의 공훈을 세웠다. 그것은 영웅적인 일은 아니었을지 모르지만, 그 일로 인해 그는 알래스카에서 한층 유명해졌다. 이 공훈은 특히 세 사람을 기쁘게 했다. 그 일 덕분에 그들은 여행에 필요한 갖가지 물건들을 살 수 있었고, 무엇보다도 광부들이 여태껏 발을 들여놓지 않은 동부의 처녀지로 여행을 할 수 있게 되었다. 그것은 그들이 오랫동안 꿈꿔왔던 여행이었다. 그 행운은 엘도라도라는 술집에서 몇 사람들이 대화 도중에, 아끼는 자신의 개를 허풍 떨며 자랑하기 시작한 데서 비롯됐다. 벅의 유명세 때문에 이 사람들은 벅을 공격 대상으로 삼았다. 손톤은 강경하게 벅을 변호해야만 했다. 30분 정도 지났을 때, 한 사람이 자기 개는 5백 파운드[약 226킬로그램]의 짐을 싣고도 썰매를 끌 수 있다고 주장했다. 그러자 또 다른 사람이 자기 개는 6백 파운드[약 272킬로그

램)를 끌 수 있다고 자랑했고, 세 번째 사람은 자기 개는 7백 파운드
〔317킬로그램〕도 거뜬히 끌 수 있다고 큰소리쳤다.

"흥! 흥! 벅은 천 파운드〔453킬로그램〕라도 문제없어."

존 손톤이 말했다.

"천 파운드라고? 설마 그 무게의 짐을 끌고 쉬지 않고서 백 야드
〔약 91미터〕를 갈 수 있다는 얘기는 아니겠지?"

자기 개가 7백 파운드를 끌 수 있다고 자랑한 매티슨이 물었다.
그는 금광을 발견하여 벼락부자가 된 사람이었다.

"천 파운드를 싣고 백 야드쯤이야 문제없소."

존 손톤이 냉정하게 대답했다.

"좋소. 그렇다면…." 매티슨은 모든 사람이 들을 수 있도록 천천
히 신중하게 말했다. "난 그걸 끌지 못한다는 쪽에 천 달러를 걸겠
소. 자, 여기 있소." 그는 사금이 가득 든 볼로냐 소시지만 한 자루
를 카운터에 올려놓으면서 말했다.

아무도 말문을 열지 않았다. 손톤이 허풍을 떤 것인지 모르겠지
만, 여하튼, 그는 자신의 말을 입증해야 할 판이었다. 손톤은 얼굴
이 벌겋게 달아오르는 걸 느꼈다. 그는 자신의 혀에 농락당한 꼴이
었다. 그는 벅이 과연 천 파운드를 끌 수 있을지 확신할 수 없었다.
반 톤이나 되지 않는가! 그 엄청난 무게를 생각하자, 손톤은 파랗게
질렸다. 그는 벅의 힘을 절대적으로 신뢰했고, 그쯤이야 충분히 끌
수 있다고 종종 생각했다. 하지만 지금처럼 열두 명이나 되는 사람

들이 두 눈을 부릅뜨고 조용히 지켜보는 가운데서 과연 벅이 해낼 수 있을지 생각해본 적은 한번도 없었다. 게다가 그에겐 천 달러란 돈도 없었다. 한스나 피트 역시 마찬가지였다.

"지금 밖에 50파운드들이 밀가루 자루를 스무 개 실은 내 썰매가 있소."

매티슨이 잔혹하다 싶을 만큼 직설적으로 말했다.

"그러니 짐 걱정은 안 해도 될 거요."

손톤은 대답하지 않았다. 어떻게 말해야 좋을지 몰랐다. 그는 사고력을 잃어버려 사고력을 되돌려줄 뭔가를 찾는 사람처럼 멍한 표정으로 사람들 얼굴을 하나하나 흘긋흘긋 쳐다보았다. 마스토돈 금광으로 떼돈을 번 옛 동료 짐 오브라이언의 얼굴이 그의 눈을 사로잡았다. 그의 얼굴을 보는 순간, 암시라도 받은 듯 꿈에도 생각지 않던 말을 꺼내고 말았다.

"천 달러를 빌려주지 않겠나?"

그는 거의 속삭이듯이 물었다.

"빌려주겠네."

오브라이언은 그렇게 대답하고는 매티슨의 사금 자루 옆에 불룩한 자루를 던졌다.

"그런데 말일세 존, 내가 자네 개가 그런 재주를 부릴 수 있다고 믿는 건 아니네."

엘도라도 술집 안에 있던 손님들은 이 구경거리를 놓치지 않으려고 모두 밖으로 몰려나왔다. 테이블은 모두 텅텅 비었다. 장사꾼과 사냥터지기 들도 내기의 결과를 보고 승산을 따지려고 밖으로 나왔다. 털옷을 입고 벙어리장갑을 낀 사람들 몇백 명이 가까이에서 더 잘 보려고 썰매 주위를 빙 둘러쌌다. 밀가루 자루를 천 파운드 실은 매티슨의 썰매는 두 시간 전부터 그곳에 있었다. 영하 60도에 이르는 혹독한 추위 속에서 활주부가 단단해진 눈길에 꽁꽁 얼어붙어 있었다. 사람들은 벅이 썰매를 끌지 못한다는 쪽에 2대 1의 비율로 내기를 걸기로 했다. 그런데 "끈다"라는 말에 대해 서로 의견 차가 있었다. 오브라이언은 얼어붙은 활주부를 뗀 다음 정지 상태에서 벅에게 썰매를 "끌게" 해야 한다고 항변했다. 그것이 손톤의 권리라는 것이었다. 매티슨은 "끈다"라는 말에는 얼어붙은 눈길에서 활주부를 떼어낸다는 의미도 포함되어 있다고 주장했다. 내기 과정을 지켜보던 사람들은 대부분 매티슨의 의견에 동조했다. 그 때문에 내기 비율이 2대 1에서 3대 1로 높아졌다.

그럼에도 벅이 썰매를 끌 수 있다는 쪽에 돈을 거는 사람은 아무도 없었다. 벅이 그 일을 해낼 거라고 믿는 사람이 아무도 없었던 것이다. 손톤은 반신반의하며 무거운 마음으로 내기에 뛰어들었는데, 지금 눈 위의 썰매 앞에 한 팀을 이룬 열 마리나 되는 개들이 서 있는, 이 엄연한 사실을 보자, 그 일은 애초 생각했던 것보다 더욱더 불가능해 보였다. 반면에 매티슨은 더욱더 의기양양해졌다.

"3대 1이오!"

매티슨이 외쳤다.

"나는 그 비율로 못 끈다는 쪽에 천 달러를 더 걸겠소. 손톤, 당신은 어떻소?"

손톤의 얼굴에는 불안한 의혹의 빛이 짙어졌다. 그러나 그에게서 투지가 솟구쳤다. 그것은 역경을 극복하고, 불가능을 불가능으로 여기지 않고, 오로지 투쟁의 외침에만 귀를 기울이는 투지였다. 그는 한스와 피트를 불렀다. 그들도 주머니 사정이 좋지 않았다. 세 사람이 가진 돈을 모두 합쳤는데, 겨우 2백 달러밖에 되지 않았다. 불경기라서 그것이 그들 재산의 전부였다. 하지만 그들은 주저하지 않고 매티슨의 6백 달러에 대해 그 돈을 걸었다.

열 마리의 개들이 썰매에서 풀려났고 벅이 자신의 썰매 장비를 착용하고 썰매에 묶였다. 사람들의 흥분에 벅도 감염된 듯 보였다. 그는 어떻게 해서든지 손톤을 위해 큰일을 해내야 한다고 느꼈다. 그의 훌륭한 몸매를 보자 사람들은 너나 할 것 없이 감탄하며 웅성 거렸다. 군살 하나 없었고, 70킬로그램이나 나가는 몸의 근육 하나 하나에는 투지와 활력이 넘쳤다. 부드러운 털은 비단처럼 윤이 났고 목덜미와 양 어깨를 덮은 갈기는 그가 움직이지 않을 때도 반쯤 곤두서 있었다. 그가 움직이기만 하면, 넘치는 활력으로 마치 털 하나하나가 전부 살아 움직이는 것처럼 빳빳하게 곤두설 것만 같았다. 떡 벌어진 가슴과 다부진 앞발은 몸의 다른 부분과 조화를 이루었고 가죽 속에는 팽팽한 근육이 울퉁불퉁 솟아 있었다. 몇몇 사람들이 벅의 근육을 만져보고는 쇠처럼 단단하다고 소리쳤다. 이 때문에 내기의 비율이 2대 1로 떨어졌다.

"저어, 이보시오! 저어, 이보시오!"

최근에 스쿠컴 벤치스의 금광으로 벼락부자가 된 어떤 사람이 더듬거리며 말했다.

"내가 이 녀석을 8백 달러에 사겠소. 내기의 승부를 시작하기 전에 말이오. 지금 당장, 이대로 8백 달러에 사겠소."

손톤은 고개를 가로젓고 벅 곁으로 다가갔다.

"개한테서 떨어져 있어야 하오."

매티슨이 항의 조로 말했다.

"자, 마음대로 움직일 수 있게끔 다들 비켜주시오."

갑자기 군중이 조용해졌다. 다만 2대 1로 걸 사람은 없느냐고 헛되이 외쳐대는 도박꾼의 목소리만 들릴 뿐이다. 모든 사람은 벅이 훌륭한 개라는 걸 인정했지만 그들 눈에 50파운드들이 밀가루 스무 자루는 엄청난 무게였기에 돈 주머니 끈을 풀 엄두가 나지 않았다. 손톤은 벅 옆에 무릎을 꿇었다. 개의 머리를 두 손으로 잡고 볼을 비볐다. 그는 여느 때처럼 장난스럽게 벅의 머리를 흔들어주지도 애정 어린 욕설을 중얼거리지도 않았다. 다만 벅의 귀에 대고 이렇게 속삭였다.

"나를 사랑하지, 벅 나를 사랑하지?"

이 말이 손톤이 속삭인 전부였다. 벅은 가슴 벅찬 열망으로 낑낑거렸다.

군중은 호기심 어린 눈으로 벽을 바라보았다. 분위기는 점점 기묘해졌다. 마치 마법에라도 걸린 듯했다. 손톤이 일어서자 벅은 장갑 낀 그의 손을 깨물었다가 마지못해 슬그머니 놓았다. 그것은 말로 표현할 수 없었던 벅의 애정 어린 대답이었다. 손톤은 쾌히 뒤로 물러났다.

"자아, 벅."

그가 말했다.

벅은 봇줄을 팽팽하게 잡아당겼다가 몇 인치가량 늦추었다. 그것이 벅이 배운 방법이었다.

"오른쪽!"

손톤의 목소리가 긴장된 침묵 속에서 날카롭게 울렸다.

벅은 오른쪽으로 몸을 확 틀어 늦추었던 끈을 팽팽하게 잡아당기며, 순식간에 70킬로그램 몸무게를 밧줄에 실었다. 짐이 흔들리더니, 활주부 밑에서 '우지직' 하며 얼음이 깨지는 소리가 났다.

"왼쪽!"

손톤이 명령했다.

벅은 이번에는 왼쪽으로 같은 동작을 반복했다. '우지직' 하는 소리가 '쩍' 하는 소리로 변하더니 썰매가 좌우로 흔들리면서 활주부가 미끄러져 몇 인치 옆으로 움직였다. 얼어붙었던 활주부가 길바닥에서 떨어진 것이다. 사람들은 숨을 죽였고, 너무 긴장해서 숨을 죽이고 있다는 것조차 의식하지 못했다.

"자, 가자!"

손톤의 명령이 '탕' 하는 총 소리처럼 울려퍼졌다. 벅은 몸을 앞으로 던지면서, 일순간 봇줄을 있는 힘껏 잡아당겼다. 온몸의 힘을 끌어모아 필사적으로 당겼다. 비단결 같은 털 밑에서 살아 있는 생물같이 꿈틀거리며 근육이 불룩불룩 솟아올랐다. 벅은 떡 벌어진 가슴을 땅바닥 가까이 낮추고 머리를 낮게 숙인 채 앞으로 내밀고는, 발을 미친 듯이 움직이면서 발톱으로 눈이 단단히 다져진 바닥을 긁어대, 양쪽으로 나란히 홈을 만들었다. 그러자 마침내 썰매가 기우뚱거리는가 싶더니 앞으로 움직이기 시작했다. 벅의 한쪽 발이 미끄러지자 누군가가 커다란 신음소리를 냈다. 이제 썰매는 마치 경련이 빠르게 연속적으로 일어날 때처럼 기우뚱거리며 앞으로 나아갔지만, 결코 다시 멈추는 일은 일어나지 않았다. 반 인치…… 1인치…… 2인치…… 이제 경련 같은 움직임은 눈에 띄게 줄어들었다. 움직임에 탄력이 붙자 벅은 흔들리는 것을 바로잡을 수 있었다. 마침내 썰매는 일정한 속도로 계속 나아갔다.

그때까지 숨 죽이던 사람들이 비로소 다시 숨을 쉬기 시작했다. 그들은 그때까지 자신들이 숨을 죽이고 있었다는 사실조차 의식하지 못했다. 손톤은 벅을 뒤따라가며 짤막한 격려의 말로 용기를 주었다. 거리는 미리 재어놓은 상태였다. 백 야드의 목표 지점을 표시해놓은 장작 더미에 벅이 점점 가까이 다가가면서 환호 소리가 높아졌다. 마침내 벅이 장작 더미를 통과하고 손톤의 정지 명령에 멈추자, 떠나갈 듯한 함성이 터져나왔다. 너나 할 것 없이 모두 미친 듯이 환호하며 열광했다. 심지어 매티슨까지 열광했다. 모자와 장갑이 공중으로 날아올랐다. 사람들은 서로 아는 사이든 모르는 사이든 누구도 가릴 것 없이 악수를 나누었고, 저마다 무슨 뜻인지 알 수 없는 말들을 계속 떠들어댔다.

하지만 손톤은 벅 곁에 무릎을 꿇고 앉았다. 그러고는 벅의 머리에 자기의 머리를 대고서 벅을 앞뒤로 흔들었다. 그들 곁으로 달려온 사람들의 귀에 벅에게 욕설을 퍼붓는 손톤의 목소리가 들렸다. 그는 한참동안 열렬하면서도 부드럽고 사랑스럽게 욕설을 퍼부어댔다.

"저어, 이보시오! 저어, 이보시오!"

스쿠컴 벤치스 금광의 벼락부자가 흥분한 목소리로 침을 튀기며 말했다.

"저 개 값으로 천 달러 주겠소. 이보시오, 천 달러. 아니, 천 200 달러 주겠소."

손톤이 일어섰다. 그의 두 눈이 젖어 있었다. 눈물이 거침없이 두 볼을 타고 줄줄 흘러내렸다.

"이보시오."

그가 스쿠컴 벤치스 금광의 벼락부자에게 말했다.

"절대 안 파오. 그러니 다른 곳에 가서나 알아보시오. 내가 당신을 위해 해줄 수 있는 말은 이것뿐이오."

벽은 손톤의 손을 살며시 깨물었다. 손톤은 벽을 앞뒤로 흔들었다. 구경꾼들은 하나같이 똑같은 충동이 일어난 듯 그들 곁에서 멀찌감치 물러났다. 그리고 두 번 다시 손톤과 벅을 방해하는 경솔한 짓은 하지 않았다.

7
야성이 부르는 소리

벅은 5분 만에 존 손톤에게 천 6백 달러를 벌어주었다. 그 덕분에 손톤은 빚을 갚고 동료들과 함께 전설로 전해져오는 잃어버린 금광을 찾아 동부로 떠날 수 있었다. 그 전설의 역사는 그 지방의 역사만큼이나 오래되었다. 많은 사람들이 그 금광을 찾아나섰으나 그것을 발견한 사람은 극소수에 불과했고 그 탐험에서 영영 돌아오지 못하는 사람들도 적지 않았다. 이 잃어버린 금광은 비극에 물들고 신비의 베일에 싸여 있었다. 누가 최초로 발견했는지 아무도 몰랐다. 가장 오래된 전설을 추적해보아도 최초의 발견자까지는 이르지 못했다. 다만, 처음부터 그곳에는 쓰러져가는 낡은 통나무집이 있었다고 했다. 죽어가는 사람들은 그 통나무집을 찾으면, 금광의 위치를 알 수 있다고 말하며 그 증거로 북쪽 땅 어디서도 볼 수 없는 순금 덩어리를 보여주었다는 것이다.

그러나 살아 있는 사람 중에 이 보물 창고를 턴 사람은 아무도 없었고, 죽은 사람은 죽어 있을 뿐이었다. 결국 존 손톤과 피트와 한스는 벅을 비롯해 다른 여섯 마리의 개를 이끌고 동부를 향해 미지의 길을 떠났다. 그들 못지않게 훌륭한 팀 — 사람들과 개들로 이루어진 — 들이 털지 못한 보물창고를 성공적으로 털고 싶었던 것이다. 그들은 썰매를 타고 유콘 강을 110킬로미터쯤 거슬러 올라가서 왼쪽으로 방향을 틀어 스튜어트 강으로 접어들었다. 그런 다음, 마요(Mayo)와 맥퀘스천(McQuestion)을 지나 대륙의 등뼈를 이루는 우뚝 솟은 봉우리들 사이를 헤치고 나아가 스튜어트 강이 실개천이 되는 지점까지 계속 달렸다.

존 손톤은 인간이나 자연에게 요구하는 것이 거의 없었다. 그는 황야를 두려워하지도 않았다. 한 줌 소금과 총 한 자루만 있으면 황야에 뛰어들어 마음 내키는 곳에서 마음 내키는 대로 얼마 동안이든 지낼 수 있는 사람이었다. 그는 서두르는 일 없이 먹을 것은 인디언처럼 그날그날 사냥했다. 사냥감을 찾지 못하면 조만간에 발견할 거라고 믿으며 인디언처럼 여행을 계속했다. 그러다 보니, 동부로의 이 장대한 여정 중에는 날고기가 유일한 식사거리였다. 그리고 썰매에 실린 짐은 탄약과 연장이 대부분이었고 여정의 끝은 언제일지 알 수 없었다.

벅은 이렇듯 짐승을 사냥하고 물고기를 잡으며 낯선 곳을 떠돌아다니는 생활이 한없이 기뻤다. 일행은 몇 주 동안이나 쉬지 않고 여행을 계속하는가 하면, 몇 주 동안이나 여기저기서 야영을 하기도 했다. 그럴 때마다 개들은 주변을 어슬렁거렸고, 사람들은 꽁꽁 얼어붙은 진창과 자갈밭을 불로 달구어 구덩이를 파내고는 흙을 선광 〔選鑛:캐낸 광석에서 가치가 없거나 쓸모없는 것들을 골라내는 일〕 접시에 담아 모닥불의 열로 녹여가며 사금을 가려내는 일을 계속했다. 때로는 굶었고 때로는 배불리 먹었는데, 그것은 전적으로 사냥감의 수와 사냥 운에 달려 있었다. 여름이 되자 개들과 사람들은 등에 짐을 짊어지고 다니거나, 뗏목을 타고 산 속 푸른 호수를 건넜으며 선나무들이 많은 숲에서 나무를 잘라 급조한 배를 타고 이름 모를 강들을 오르내렸다.

몇 달이 흘렀다. 그들은 지도에도 없는 황야를 이리저리 헤매었다. 전설상의 '잃어버린 통나무집'이 정말로 있다면 이미 그곳을 찾아나선 사람들이 있을 것이다. 하지만 그들은 아무도 만나지 못했다. 그들은 여름 눈보라 속에서 여러 개의 분수령을 넘기도 하고, 백야의 태양 아래 수목 한계선과 만년설 사이의 민둥산 꼭대기에서 벌벌 떨기도 했다. 모기와 파리가 우글거리는 여름 골짜기로 내려가기도 하고, 빙하 그늘에서 남쪽 지방에서 나는 것들에 못지않은 탐스럽게 익은 딸기와 아름다운 꽃들을 따기도 했다. 그해 가을에는 무시무시한 호수 지대로 들어갔다. 그곳은 쓸쓸하고 조용했고, 과거에는 야생 조류들이 살았던 듯했지만, 생물의 흔적이라곤 조금도 보이지 않았다. 다만 존재하는 것이라고는 불어대는 으스스한 바람과 그늘진 곳에 생긴 얼음과 쓸쓸한 호숫가에 우울하게 찰랑거리는 잔물결뿐이었다.

이듬해 겨울에 그들은 전에 왔던 사람들의 지워진 발자취를 쫓으며 정처 없이 떠돌았다. 어느 날에는 숲으로 통하는 오솔길을 만났는데, 그 길이 아주 오래되어 보여서 '잃어버린 통나무집'이 가까이에 있는 것처럼 느껴졌다. 그러나 그 오솔길은 누가 만들었고 왜 만들었는지 알 수 없는 것과 마찬가지로 어디서 시작해서 어디서 끝나는지도 알 수 없는 수수께끼 같은 길이었다. 언젠가는 허물어져가는 낡은 사냥꾼의 오두막을 우연히 발견했다. 존 손톤은 낡은 담요 속에서 총신이 긴 수발총[부싯돌을 이용해서 점화하는 구식 총]을 발견했다. 그는 그 총이 북서부 지대 개발이 한창일 때 쓰이던 허드슨 베이 사 제품이란 걸 알아차렸다. 당시에는 그 총 한 자루에 비버 모피를 총신의 높이까지 쌓아올린 만큼의 값어치가 있었다. 그 오두막에서 발견한 것은 그 총 한 자루가 전부였다. 옛날에 누가 이 오두막을 세웠고 누가 총을 담요 속에 넣어두었는지에 대해선 아무런 단서도 찾을 수 없었다.

또다시 봄이 왔고, 오랜 방랑 끝에 그들은 마침내 뭔가를 발견했다. 한데 그것은 '잃어버린 통나무집'이 아니라 넓은 계곡에 있는 얕은 사금 채취장이었다. 그곳에 있는 선광 접시의 바닥에는 사금이 누런 버터처럼 깔려 있었다. 그들은 더 헤맬 필요가 없었다. 그들은 하루 종일 일해서 몇천 달러어치의 순수한 사금과 금 덩어리를 얻었다. 그들은 날마다 일했다. 금은 사슴가죽 자루에 넣었는데

한 자루에 50파운드씩 들어갔다. 그리고 그 자루는 가문비나무로 지은 오두막 밖에 장작 더미처럼 쌓여갔다. 그들이 신화 속 거인처럼 열심히 일하고 보물을 쌓아올리는 동안 세월은 꿈같이 빠르게 흘러갔다.

개들이 하는 일이라곤 이따금씩 손톤이 잡은 사냥감을 물어오는 것밖에 없었다. 그렇다 보니 벅은 모닥불 옆에서 몽상에 잠겨 보내는 시간이 많았다. 그렇게 하는 일 없이 몽상에 빠져 있다 보면, 다리가 짧은 털북숭이 인간의 환영이 전보다 더 자주 나타났다. 그리고 종종 모닥불 옆에서 두 눈을 깜박이며 기억 속에 떠오르는 또 다른 세계를 그 털북숭이 인간과 함께 떠돌아다녔다.

이 다른 세계의 두드러진 특징은 공포인 것 같았다. 벅의 눈에 털북숭이 인간이 머리를 두 무릎 사이에 묻고 손을 머리 위에 깍지 낀 채 모닥불 곁에서 잠자는 모습이 보였다. 털북숭이 인간은 잠결에 편치 않은 모양인지, 자다가 몇 번이나 깜짝 놀라 눈을 떴고, 그때마다 불안스레 어둠 속을 살피고는 불 속에 장작을 몇 개 던져넣었다. 그들이 함께 해변을 거닐 때면, 털북숭이 인간은 조개를 잡아, 그 자리에서 바로 먹어치웠는데, 그러면서도 숨어 있을 위험을 경계하며 두 눈을 사방으로 두리번거렸고, 다리는 위험이 닥치면 곧바로 달아날 태세를 하고 있었다. 그 인간은 숲속을 지나갈 때도 발소리를 죽이고 걸어다녔다. 벅도 발소리를 죽이고 그 인간을 뒤따랐다. 그들은 귀를 쫑긋 세우고 코를 벌름거리면서, 신경을 곤두세우고 경계를 늦추지 않았다. 털북숭이 인간도 벽만큼이나 귀와 코가 아주 예민했던 것이다. 털북숭이 인간은 나무를 아주 잘 탔고, 나무 위에서도 땅에서처럼 빠르게 이리저리 다닐 수 있었다. 그 인간은 팔을 흔들면서 이 나무에서 저 나무로 옮겨다녔다. 때로는 나뭇가지를 놓고 잡는 식으로 3.5미터나 떨어진 곳을 훌쩍 건너뛰기도 했는데, 절대로 떨어지거나 나뭇가지를 놓치는 법이 없었다. 정말 그는 땅에서처럼 나무 위에서도 아주 편안해 보였다. 벽의 기억 속에는 이 털북숭이 인간이 꼭 붙들고 잠이 든 나무 밑에서 며칠 밤을 지새운 일도 있었다.

털북숭이 인간의 환영과 함께 깊은 숲속에서 벽 자신을 부르는 소리가 계속 들려왔다. 그 소리를 들을 때면 벽은 아주 불안하고 이상한 욕망에 사로잡혔다. 또한 그 소리에 막연하고 감미로운 환희를 느꼈고 마음속에 정체 모를 것에 대한 원초적인 동경과 흥분이 일었다. 이따금씩 그 소리를 쫓아 숲속으로 뛰어들기도 했다. 그럴 때면 그 소리가 마치 손으로 잡을 수 있는 물체이기라도 한 듯 그는 기분에 따라 부드럽게 혹은 도전적으로 짖어대며, 그 소리를 찾아다녔다. 그는 서늘한 숲의 이끼나 키 큰 풀들이 자라 있는 검은 흙속에 코를 박고 비옥한 땅 냄새를 기쁘게 맡았다. 또는 버섯으로 뒤덮인 쓰러진 나무 뒤에서 마치 몸을 숨기기라도 하듯 몇 시간이고 웅크리고 앉아 주위에서 움직이거나 소리를 내는 모든 것을 눈을 크게 뜨고 귀를 쫑긋 세운 채 세심하게 주시했다. 그는 이처럼 웅크린 채 지켜보노라면, 그 알 수 없는 소리의 정체를 알아낼 수 있을 거라고 느꼈는지 모른다. 하지만 벽은 자신이 왜 이런 행동을 하는지 알지 못했다. 그저 억제할 수 없는 충동에 이끌려 했을 뿐이지 그 이유에 대해선 도무지 알 수 없었다.

저항할 수 없는 충동이 벽을 사로잡았다. 그는 한낮의 더위에 야영지에 누워 나른하게 졸다가 갑자기 고개를 쳐들고 귀를 쫑긋 세웠다. 그러곤 무슨 소리를 들었는지 벌떡 일어나 미친 듯이 뛰쳐나갔다. 그는 숲속 좁은 길과 검은 탄괴(炭塊)가 깔린 빈 터를 가로질러 몇 시간이고 달렸다. 그는 물이 말라버린 개울을 따라 달리고 숲속 새들에게 살금살금 다가가 그들의 생활을 염탐하는 것을 좋아했다. 어떨 때는 하루 종일 덤불 속에 누워 있기도 했는데, 그곳에서 그는 자고가 퍼덕거리며 몸매를 뽐내듯이 이리저리 돌아다니는 모습을 보았다. 하지만 그가 무엇보다도 좋아하는 것은 여름 한밤중 어스름 속을 달리며 숲속에서 들리는 조용한 최면성 속삭임에 귀를 기울이고, 사람이 책을 읽는 것처럼 어떤 징후나 소리를 읽고 자신을 부르는 신비한 그 소리, 자나 깨나 늘 자신을 오라고 부르는 소리를 추적하는 일이었다.

어느 날 밤, 벽은 잠을 자다가 갑자기 벌떡 일어났다. 두 눈은 열심히 무엇을 찾는 듯 번득였고, 코는 씰룩거리며 냄새를 맡았고, 갈기 같은 목덜미 털은 곤두서서 물결쳤다. 숲속에서 자신을 부르는 소리(혹은 그를 부르는 많은 소리들 중 하나)가 전에 없이 뚜렷하고 명확하게 들렸다. 허스키가 짖는 소리인 것 같기도 하고 아닌 것 같기도 한, 길게 끌며 내는 소리였다. 벅은 그 소리를 전에도 들어본 듯 오래전부터 친숙했던 소리로 느꼈다. 잠든 야영지를 뛰쳐나가 조용히 쏜살같이 숲속으로 달려갔다. 그 소리에 가까워졌을 때 속도를 늦추고 한 발 한 발 조심스럽게 발을 내디뎠다. 그러곤 마침내 숲속 빈 터에 이르자, 등을 꼿꼿이 세운 채 콧등을 하늘로 치켜든 키가 크고 비쩍 마른 회색 늑대가 벅의 두 눈에 들어왔다.

벅이 아무런 소리도 내지 않고 가만히 있었는데도 늑대는 울부짖음을 멈추더니 벅의 접근을 감지하고 경계했다. 벅은 바짝 긴장한 채 꼬리를 빳빳이 세우고, 몸을 반쯤 웅크린 자세로 아주 조심스럽게 발을 내디디며, 천천히 빈 터로 나섰다. 그의 모든 움직임에는 위협과 우호적인 태도가 섞여 있었다. 그것은 야생의 맹수들이 서로 마주쳤을 때 보이는 위협적인 휴전의 태도였다. 그러나 늑대는 벅을 보자 달아났다. 벅은 놈을 따라잡으려고 미친 듯이 뒤쫓았다. 그는 늑대를 막다른 곳에 몰아넣었다. 개울 바닥에 가득 쓰러진 나무가 늑대의 앞길을 막았다. 늑대는 뒷발에 힘을 실어 휙 돌아서더니 털을 곤두세우고 으르렁대며 계속 이빨을 빠르게 부딪쳐 딱딱거리는 소리를 냈다. 그런 늑대의 모습은 조를 비롯해 허스키들이 궁지에 몰렸을 때 하던 행동이었다.

벅은 공격하지 않고 상대의 주위를 빙빙 돌아 상대가 빠져나가지 못하게 하면서 우호적인 태도로 늑대에게 다가갔다. 늑대는 의심스러워하고 두려워했다. 벅이 몸무게가 세 배나 더 나가는 데다 키도 머리 하나가 더 컸으니 늑대로선 그럴 만도 했다. 늑대는 기회가 생겼다 싶자 잽싸게 달아났다. 그리하여 또다시 추적이 시작되었다. 늑대는 몸 상태가 좋지 않았지만 몇 번이나 궁지에 몰렸다가도 기회를 노려 달아나곤 했다. 만일 늑대의 몸 상태가 좋았더라면, 벅은 쉽사리 놈을 따라잡을 수 없었을 것이다. 늑대는 계속 달리다가 벅의 머리가 옆구리에 닿을락 말락 할 정도로 다가오면, 휙 방향을 틀어 벅과 맞선 후 기회가 생기는 대로 달아나곤 했다.

그러나 결국 벅이 끈질기게 추적한 보람이 있었다. 늑대는 마침내 벅이 적의가 없다는 것을 깨닫고는 벅에게 다가와 벅과 코를 맞대고 킁킁거리며 냄새를 맡았다. 그러고 나서 그들은 곧 친해졌다. 그들은 맹수의 사나운 기질과는 어울리지 않게, 소심하고 다소 수줍어하는 태도로 장난을 쳤다. 한동안 그렇게 장난을 치다가 늑대는 자신이 정해진 어딘가로 간다는 걸 명확히 알려주려는 듯 천천히 달리기 시작했다. 그는 몸짓으로 벅에게 따라오라는 표시를 했다. 벅과 늑대는 어깨를 나란히 하고 어스름한 새벽 숲속을 달렸다. 그들은 메마른 개울 바닥을 따라 곧장 거슬러 올라가서 개울이 시작되는 계곡으로 접어들었다. 그곳에서 개울의 근원지인 황량한 분수령을 넘었다.

그들은 분수령 너머 비탈을 내려가서 개울이 많고 숲이 울창한 평지로 들어섰다. 숲속을 몇 시간이고 쉬지 않고 달렸다. 이윽고 해가 점점 높이 솟아오르고 기온이 따뜻해졌다. 벅은 날아갈 듯 기뻤다. 그는 마침내 자신이 그 미지의 소리에 응하여, 숲의 형제와 나란히 자신을 부르는 소리의 근원지를 향해 달리고 있음을 깨달았다. 불현듯 옛 기억들이 빠르게 뇌리를 스쳤다. 예전에는 그 옛 기억이 불러일으킨 환영에 흥분했지만 이제는 그 기억들 자체에 흥분했다. 그는 예전에도 또 다른 세계, 기억 속에 희미하게 남아 있는 세계의 어디에선가 똑같은 경험을 한 적이 있다. 지금 그 일을 다시 경험하고 있는 것이다. 드넓은 하늘 아래 펼쳐진, 인간의 발길이 닿은 적이 없는 숲속의 공지를 자유롭게 달리면서.

벅과 늑대는 물을 마시려고 개울가에서 걸음을 멈췄다. 그 순간 벅의 머릿속에 존 손톤이 떠올랐다. 그는 주저앉았다. 늑대는 소리가 들려오는 진원지를 향해 출발했다가 벅에게 되돌아와서 코를 킁킁거리며, 따라오라고 벅을 격려하는 몸짓을 했다. 그러나 벅은 돌아서서 왔던 길을 천천히 되돌아가기 시작했다. 거의 한 시간 동안, 야생의 형제 늑대는 나지막이 낑낑거리며 벅과 나란히 달렸다. 그러다가 그는 주저앉아서 코를 높이 치켜들고 울부짖었다. 늑대의 울음소리는 애처로웠다. 벅은 늑대를 뒤로하고 계속 달렸다. 벅이 그렇게 달리는 동안 그 소리는 점점 멀어지며 희미하게 들리더니 마침내 사라졌다.

존 손톤이 식사를 할 때 벅이 야영지로 뛰어들었다. 벅은 맹렬한 애정 공세로 손톤에게 덤벼들어 그를 뒤로 벌렁 넘어뜨려 올라탄 후에 얼굴을 핥고 손을 물었다. 벅은 손톤이 "온갖 바보짓"이라고 부른 바 있는 그런 짓을 한 것이다. 그사이 손톤은 벅의 몸을 앞뒤로 흔들며 애정 어린 욕설을 해댔다.

이틀 밤낮으로 벅은 야영지를 한시도 떠나지 않고 줄곧 손톤을 따라다녔다. 손톤이 일을 하는 동안에는 졸졸 따라다녔고, 식사를 하는 동안에는 곁에서 지켜보았으며, 잠자리에 들거나 아침에 일어날 때도 그의 곁에 있었다. 그런데 이틀 후에 숲속에서 그 어느 때보다도 절박하게 그를 부르는 소리가 들려왔다. 벅은 다시 안절부절못했고, 야생의 형제와 분수령 너머의 웃음 짓는 땅과 광대한 숲을 나란히 달리던 기억에 시달렸다. 그는 또다시 숲속을 방황했으나 야생의 형제는 다시 나타나지 않았다. 그는 며칠 밤을 지새우며 귀 기울여보았지만 그 슬픈 울부짖음은 끝내 들리지 않았다.

벅은 야영지에서 빠져나가 며칠 동안이나 밖에서 자고 돌아오기 시작했다. 어떨 때는 개울의 수원지인 분수령을 넘어 개울이 많고 숲이 울창한 땅으로 내려가보기도 했다. 그곳에서 일주일 동안이나 이리저리 돌아다니며 야생의 형제의 새로운 흔적을 찾아보았지만 허사였다. 그렇게 돌아다니면서 그는 야생동물을 잡아먹었고, 지칠 줄 모른 채 여유 있게 성큼성큼 달리며 여행을 계속했다. 그는 어디쯤에선가 바다로 흘러들어가는 넓은 강에서 연어를 잡기도 하고 그 강가에서 커다란 흑곰을 죽이기도 했다. 그 곰도 벅처럼 물고기를 잡다가 모기 떼의 습격으로 앞이 보이지 않자, 숲속에서 미친 듯이 날뛰었다. 눈이 멀었다지만 곰과의 싸움은 처절할 정도로 힘겨웠다. 결국 벅은 자신의 몸 안에 잠재된 잔혹성을 남김없이 쏟아내야 했다. 이틀 뒤에 곰을 죽인 곳으로 돌아와 보니, 열두 마리가량 되는 오소리들이 이 먹이를 놓고 다투고 있었다. 벅은 왕겨를 날리듯이 오소리들을 쫓아버렸다. 미처 달아나지 못한 두 놈은 더는 먹이다툼을 하지 못했다.

피에 대한 갈증이 그 어느 때보다도 강해졌다. 벅은 누구의 도움도 없이 자신의 힘과 능력만으로 산짐승을 잡아먹고, 적자생존의 환경에서 당당하게 살아남은 맹수였다. 벅은 그런 자신의 모습에 강한 자부심을 가졌고, 그 자부심은 전염병처럼 온몸으로 번졌다. 그 자부심은 모든 움직임에 그대로 드러났다. 그것은 근육을 하나하나 움직일 때마다 뚜렷이 보였고 행동할 때는 그것을 말로 하듯이 분명히 표현되었다. 그리고 자부심으로 인해 그의 윤기 있는 털은 그 어느 때보다도 근사하게 빛났다. 주둥이와 눈 주위의 갈색 반점과 가슴 군데군데 난 흰 털만 없었다면 벅은 거대한 늑대, 가장 큰 늑대보다도 더 큰 늑대로 보였을 것이다. 그는 세인트버나드 종인 아버지에게서 덩치와 몸무게를 물려받았지만, 그 덩치와 몸무게가 모양새를 갖추게 한 것은 셰퍼드 종인 그의 어머니 때문이었다. 늑대보다 크다는 사실만 제외하면, 벅의 주둥이는 늑대의 긴 주둥이를 빼닮았다. 그리고 그의 머리는 늑대보다 넓적하기는 했지만, 영락없이 커다란 늑대 머리로 보였다.

그는 또한 늑대처럼 야성적으로 교활했다. 그의 지능은 셰퍼드의 지능과 세인트버나드의 지능을 합쳐놓은 듯했다. 그처럼 늑대의 교활함을 지녔고 부모에게서 뛰어난 지능을 물려받은 데다 가장 혹독한 환경에서 터득한 경험 덕분에 벅은 황야를 떠도는 어떤 맹수 못지않게 무시무시한 야수가 되었다. 날고기만 먹고사는 육식동물이된 그는 활력과 정력이 넘치는 삶의 절정기를 맞고 있었다. 손톤이 그의 등을 어루만지면, 털 하나하나가 손에 닿을 때마다 전기를 발산했고, 그것이 손을 콕콕 찌르며 따끔거리게 했다. 두뇌와 육체, 신경조직과 신경섬유 등 각각의 모든 부분이 최상의 상태로 섬세하게 조율되어 있었다. 그리고 그 모든 부분이 완벽한 균형과 조화를 이루었다. 행동을 요구하는 광경이나 소리와 사건에 부딪치면 그는 번개처럼 재빨리 반응했다. 허스키는 방어하거나 공격하기 위해 재빨리 뛰어오를 수 있었지만 벅에 비하면 아무것도 아니었다. 벅은 허스키보다 두 배는 더 빨리 뛰어오를 수 있었다. 그는 다른 개들이 단순히 보거나 듣는 것보다 더 빨리 움직임을 보고 소리를 듣고 그것에 반응했다. 그는 지각, 판단, 반응을 동시에 했다. 실제로는 지각, 판단, 반응의 세 행위가 연속적으로 일어났지만, 그사이의 간격이 너무 짧아서 세 행위가 동시에 일어나는 것처럼 보였다. 그의 근육엔 늘 활력이 넘쳤고, 마치 강철 용수철이 튕겨 나가듯 격렬하게 움직였다. 찬란하고 사납게 거대한 밀물처럼 삶의 활기가 그의 몸속으로 밀려들어와, 완전한 황홀경으로 그를 산산이 부수고는 이 세상으로 쏟아져 나오는 것만 같았다.

"저런 개는 난생 처음 봐."

어느 날 벅이 야영지 밖으로 당당하게 빠져나가는 것을 바라보며 손톤이 동료들에게 말했다.

"저 녀석이 창조되었을 때, 주형 틀이 부서지고 말았을 거야."

피트가 말했다.

"그래 맞아! 정말 그랬을 거야."

한스가 맞장구를 쳤다.

그들은 벅이 야영지에서 당당하게 빠져나가는 것을 보았지만, 벅이 비밀을 간직한 숲속에 들어서는 순간 얼마나 무서운 모습으로 돌변하는지는 알지 못했다. 그는 이제 당당하게 행진하지 않았다. 곧 야생동물이 되어 고양이처럼 살금살금 조용히 걸었고, 어둠 속에서 나났다가 순식간에 사라지는 그림자처럼 행동했다. 그는 가능한 모든 은폐물을 이용할 줄 알았고, 뱀처럼 바짝 엎드린 채 기어갈 줄도 알았으며, 뱀처럼 뛰어올라 먹이를 덥석 물 줄도 알았다. 둥지에 있는 뇌조[雷鳥 : 들꿩과의 새로 편 날개의 길이는 17~20센티미터고 꽁지는 짧다. 눈 위에 붉고 작은 볏이 있고 깃털 색은 여름에는 붉은 갈색 바탕에 가늘고 검은 무늬이고, 겨울에는 희고, 봄가을에는 그 중간색을 띤다)를 잡거나, 잠자는 토끼를 죽이거나 작은 다람쥐가 달아나기 직전에 공중에서 덥석 물 줄도 알았다. 넓은 연못 속의 물고기가 제아무리 빠르다 해도 벅을 피할 수는 없었다. 둑을 고치고 있는 비버가 제아무리 조심한다 해도 벅에게서 달아날 수 없었다. 벅은 그런 동물을 절대 장난으로 죽이지는 않았다. 그는 제 힘으로 잡아 죽인 먹이를 먹고 싶어 했다. 그래도 그의 행동에는 익살스러운 면이 숨어 있었다. 그는 다람쥐에게 살금살금 다가가 거의 잡았다 싶을 때 슬쩍 놓아주고는 다람쥐가 잔뜩 겁을 먹은 채 나무 꼭대기로 달아나는 모습을 보며 무척이나 즐거워했다.

그해 가을이 되자, 추위가 덜한 아래쪽 계곡에서 겨울을 나려고 많은 말코손바닥사슴〔현존하는 가장 큰 사슴으로, 몸길이 2.5~3미터, 어깨높이 1.5~2미터, 몸무게 약 800킬로그램이다. 수컷에게는 편평한 손바닥 모양 뿔이 있고 양 뿔 사이의 너비가 1.3~1.5미터나 된다. 캐나다, 북아메리카, 스웨덴, 노르웨이, 시베리아, 중국, 몽골 등지에 분포한다〕들이 무리를 지어 천천히 산을 내려왔다. 벅은 이미 그 전에 무리에서 벗어난 새끼 사슴 한 마리를 잡은 적이 있었다. 하지만 그는 더 크고 강한 사냥감을 잡아보고 싶었다. 어느 날 마침내 개울의 수원지 부근 분수령에서 그런 상대를 만났다. 스무 마리가량 되는 말코손바닥사슴들이 무리를 지어, 개울이 많고 숲이 울창한 저편 땅에서 분수령을 넘어왔는데, 그들 중 우두머리는 커다란 수놈이었다. 그놈은 성질이 몹시 사나웠고, 키가 180센티미터가 넘었다. 바로 벅이 바라던 만만찮은 적수였다. 이 수놈은 거대한 뿔을 앞뒤로 흔들었다. 그 뿔은 손바닥 모양의 가지가 열 넷이고 양 뿔 사이가 2미터가 넘었다. 그놈은 벅을 보자 사납게 으르렁댔고, 작은 두 눈은 악의에 찬 적대적인 빛으로 타올랐다.

그 수놈의 옆구리에는 깃털이 달린 화살이 꽂혀 있었다. 놈이 사납게 군 것은 이 때문이었다. 먼 옛날, 원시 세계의 수렵 시절부터 내려온 본능에 따라 벅은 그 수놈을 무리에서 떼어놓으려 했다. 그건 만만치 않은 일이었다. 벅은 놈의 거대한 뿔과 한 번만이라도 채이면 목숨을 빼앗길 수도 있는, 괴상하게 생긴 무시무시한 발굽을 피하가면서 사슴 앞에서 짖어대기도 하고 펄쩍펄쩍 뛰기도 했다. 벅의 엄니에 물릴 위험 때문에 등을 돌리고 갈 수가 없었던 수사슴은 몹시 화가 나서 미친 듯이 벅에게 덤벼들었다. 벅은 교묘하게 물러서면서 자신이 도망치지 못할 것처럼 속여 놈을 멀리 유인했다. 그러나 그 수놈을 무리에서 멀리 떼어놓았다 싶으면 더 젊은 수놈 말코손바닥사슴 두세 마리가 뒤에서 벅을 공격해왔다. 그 사이에 상처 입은 수놈은 다시 무리 속으로 들어갔다.

야생동물에게는 생명 그 자체처럼 지칠 줄 모르는 끈질긴 인내심이 있었다. 바로 이런 인내심 덕분에 거미는 거미줄에서, 뱀은 똬리를 튼 채, 표범은 매복을 한 채 몇 시간이고 가만히 있을 수 있다. 이 인내심은 특히 살아 있는 먹이를 사냥할 때 발휘된다. 바로 그런 인내심을 발휘하여 벅은 말코손바닥사슴 무리의 측면에 바짝 붙어서 그들이 앞으로 나가려는 걸 저지하며, 젊은 수놈을 화나게 하고 새끼를 거느린 암놈 말코손바닥사슴을 불안하게 만들고, 부상당한 우두머리 수놈을 미쳐 날뛰게 했다. 이런 상황이 반나절이나 계속되었다. 벅은 위협적으로 사슴 무리 주위를 회오리바람처럼 빙빙 돌며, 벅이 여러 마리로 늘어나기라도 한 것처럼 사방에서 공격을 가했다. 그러면서 벅은 자신의 제물이 동료들 속에 들어가자마자 또다시 놈을 고립시켰다. 공격을 당하는 놈들의 인내심은 소모되기 시작했다. 근본적으로 공격을 하는 쪽보다 공격을 당하는 쪽의 인내심이 더 약하기 마련이다.

날이 저물어 해가 북서쪽으로 기울자(어둠이 찾아왔고 가을밤의 길이는 여섯 시간이었다), 궁지에 몰린 우두머리를 도우려는 젊은 수놈 말코손바닥사슴들의 발걸음이 점차 줄어들었다. 닥쳐오는 겨울 때문에 말코손바닥사슴들은 낮은 지대로 빨리 이동해야만 했지만, 앞길을 가로막는 이 지칠 줄 모르는 짐승을 뿌리칠 길이 없었다. 게다가 놈이 노리는 것은 무리 전체의 생명도, 젊은 수놈의 생명도 아니었다. 놈은 무리 중에 단 하나의 생명만을 요구했고, 자신들의 생명에 비하면 직접적인 이해관계와는 먼 문제였기에 결국 그 젊은 수놈들은 통행세를 치르기로 했다.

땅거미가 졌고 늙은 수놈 말코손바닥사슴은 고개를 숙인 채 동료들 — 자신이 애정을 나눴던 암놈들, 자신의 자식들인 어린 놈들, 자신이 다스리던 수놈들 — 이 저편 어스름 속으로 비틀거리며 걸음을 재촉하는 것을 지켜보았다. 하지만 그는 그들을 따라갈 수가 없었다. 무자비한 엄니를 드러내고 무섭게 날뛰는 공포의 화신이 코앞에서 그의 앞길을 가로막고 있었다. 그 수놈은 체중이 반 톤하고도 백 36킬로그램이나 더 나갔다. 그는 오랫동안 싸움과 투쟁으로 일관된 강렬한 삶을 살아왔다. 그런데 마침내 지금 그는 머리가 자신의 거대한 무릎에도 못 미치는 짐승에게 물어뜯겨 죽을 운명에 직면한 것이다.

그 뒤부터 벅은 밤이고 낮이고 먹이 곁을 떠나지 않았고, 그놈에게 잠시도 쉴 틈을 주지 않았으며, 나뭇잎이나 자작나무나 버드나무의 어린 잎도 먹지 못하게 했다. 벅은 또한 이 부상당한 수놈이 무리가 건너온 실개울에서 타는 듯한 갈증을 해소할 기회도 주지 않았다. 수놈 말코손바닥사슴은 가끔씩 필사적으로 멀리 달아나기도 했다. 그럴 때면 벅은 놈을 당장에 쫓아가 잡기보다는 게임을 즐기듯이 여유 있게 천천히 그 뒤를 쫓으며 놈이 멈춰 서면, 벌렁 드러눕고, 놈이 먹거나 마시려고 하면 사납게 공격했다.

수놈 말코손바닥사슴의 거대한 머리는 나뭇가지 같은 뿔 밑으로 점점 수그러들었고 비틀거리던 발걸음에선 점점 힘이 빠져갔다. 이제 놈은 코를 땅에 대고 귀를 힘없이 축 늘어뜨린 채 오랫동안 가만히 서 있곤 했다. 그런 만큼 벅에게는 물을 마시고 쉴 수 있는 여유가 더 많이 생겼다. 붉은 혀를 내민 채 숨을 헐떡이면서 이 큰 말코손바닥사슴을 주시하던, 벅은 어느 순간, 주변 사물에 어떤 변화가 일어나는 중이란 걸 느꼈다. 그는 대지에 새로운 움직임이 이는 걸 느꼈다. 말코손바닥사슴이 그곳에 들어오듯이 다른 생명체들도 들어오고 있었다. 숲도 개울도 공기도 그들의 현존에 흥분하는 듯했다. 그런 변화는 풍경이나 소리나 냄새가 아닌 더 미묘한 감각으로 직감할 수 있었다. 아무것도 듣지도 보지도 못했지만, 여하튼 대지가 달라졌다는 걸 벅은 알았다. 그는 대지에 이상한 일들이 일어나고 있고, 그것들이 사방으로 퍼져간다는 걸 알았다. 그는 당면한 일을 끝내고 그 비밀을 캐내기로 마음먹었다.

마침내 나흘째 되던 날 저녁에 벅은 거대한 말코손바닥사슴을 쓰러뜨렸다. 그는 꼬박 하루 동안 자신이 잡은 사냥감 곁에 있으면서 먹고 자고 먹고 자고 했다. 그러곤 충분한 휴식으로 원기를 회복하자 존 손톤이 있는 야영지로 향했다. 그는 몇 시간 동안 여유 있게 성큼성큼 달렸다. 얽힌 길이 나타나도 당황하지 않았으며, 인간이나 나침반이 무색할 만큼 정확한 방향감각으로 낯선 땅을 지나 곧장 야영지로 갔다.

그렇게 계속 달려가면서 그는 대지에서 이는 새로운 움직임을 점점 더 또렷하게 의식했다. 그 움직임에는 여름 내내 느꼈던 것과는 완전히 다른 생명체가 있었다. 그 사실은 이제 그에게 미묘하고 신비스럽게 다가오지 않았다. 새들의 지저귐과 다람쥐의 조잘거림에서도, 산들바람의 속삭임에서도 그 새로운 움직임을 분명히 느낄 수 있었다. 벅은 몇 번이고 걸음을 멈춰 서서, 신선한 아침 공기를 가슴 깊이 들이마셨다. 그러던 중 그 공기에서 어떤 메시지를 읽고는 더욱더 빠른 속도로 달렸다. 불길한 사건이 이미 닥쳤거나 다가온다는 예감이 들어 몹시 불안했다. 그는 마지막 분수령을 넘어 계곡으로 내려갔고 야영지가 가까워지자 더욱 조심스럽게 접근했다.

5킬로미터쯤 떨어진 지점에 이르렀을 때, 벅의 눈에 이전에 없던 길이 들어왔다. 그 새로운 길을 보는 순간 벅의 목덜미 털이 곤두섰다. 그 길은 손톤이 있는 야영지로 곧장 이어졌다. 벅은 서둘러서, 민첩하면서도 은밀하게 모든 신경을 곤두세운 채, 사건 ― 그 결과는 모르지만 ― 의 진상을 말해주는 갖가지 세세한 것들을 살폈다. 그는 냄새로 바로 가까이에서 자신이 추적하는 생명체의 자취를 설명해주는 단서들을 확인했다. 그는 쥐죽은 듯 고요한 숲의 침묵에 주목했다. 새들은 모두 날아가버렸고 다람쥐들도 숨어버렸다. 다람쥐 한 마리만이 보일 뿐이었다. 윤기 나는 회색 털을 지닌 그 다람쥐는 죽은 회색 나뭇가지에 찰싹 달라붙어 있어서 그 가지의 일부, 즉 나무의 혹처럼 보였다.

벅은 그림자처럼 소리 없이 슬그머니 다가가다가 어떤 강한 힘에 낚아채인 듯이 갑자기 코를 옆으로 홱 돌렸다. 벅은 새로운 냄새를 따라 덤불 속으로 들어갔다. 닉이 눈에 들어왔다. 닉은 옆으로 쓰러진 채 죽어 있었는데, 죽어가면서 이곳까지 기어온 모양이었다. 화살이 그의 옆구리를 관통해, 화살촉과 깃털이 옆구리 양쪽으로 삐죽이 나와 있었다.

9백 미터쯤 더 가자, 손톤이 도슨에서 산 썰매 개 한 마리가 시야에 들어왔다. 이 개는 바로 앞 길바닥에 쓰러진 채 죽음과 싸우며 몸부림치고 있었다. 벅은 멈추지 않고 그 곁을 그대로 지나갔다. 야영지에서 여러 사람의 목소리가 노랫가락처럼 높아졌다 낮아졌다

하면서 희미하게 들려왔다. 배를 땅에 바짝 대고 야영지의 빈터 근처로 기어가보니 고슴도치처럼 온몸에 화살이 꽂힌 한스가 엎어져 있었다. 순간 벅은 가문비나무로 지은 오두막이 있던 자리로 눈을 던졌다. 그곳에는 벅의 목덜미에서 어깨까지 털을 곤두서게 만드는 광경이 펼쳐져 있었다. 억누를 수 없는 분노의 불길이 온몸을 휘감았다. 자신은 울부짖는 걸 의식하지 못했으나 그는 소름 끼치도록 사납게 울부짖었다. 처음이자 마지막으로 격정이 지혜와 이성을 압도했다. 이처럼 그가 분노하고 이성을 잃은 것은 존 손톤에 대한 지극한 사랑 때문이었다.

이하트족 인디언들은 허물어진 가문비나무 오두막 주변에서 춤을 추다가 무섭게 포효하는 소리를 들었고 동시에 지금껏 한 번도 본 적이 없는 짐승이 자신들에게 돌진해오는 것을 보았다. 미친 듯이 살의에 불타, 사납게 휘몰아치는 거센 폭풍처럼 그들을 덮친 것은 벅이었다. 벅은 맨 앞에 있는 사내(이하트족의 추장이었다)에게 달려들어 목을 물어뜯었다. 벅은 놈의 경정맥(頸靜脈)에서 피가 솟구칠 때까지 목을 물고 늘어졌다. 이윽고 벅은 그 쓰러진 놈을 내팽개친 채 펄쩍 뛰어올라 두 번째 사내의 목을 물어뜯었다. 벅을 제압할 방법은 없었다. 그는 인디언들 한복판에 번개같이 뛰어들어, 무서운 기세로 쉴 새 없이 물어뜯고, 갈가리 찢어대며 사내들을 죽였다. 벅이 이처럼 미친 듯 설치는 통에 인디언들이 쏜 화살은 모두 빗나갔다. 정말 벅의 동작은 상상을 초월할 정도로 빨랐던 데다 인디언들은 좁은 곳에 몰려 뒤엉켜 있었기 때문에 그들이 쏜 화살이 자신의 동료를 맞히는 사태가 벌어지기도 했다. 한 젊은 사냥꾼이 허공으로 뛰어오르는 벅에게 창을 던졌는데, 그것은 다른 인디언 사냥꾼의 가슴을 강타했고 창끝이 등 뒤로 튀어나왔다. 그러자 남은 이하트족 인디언들은 겁에 질린 채, 악령이 나타났다고 소리치며 숲속으로 달아났다.

정말로 벅은 악령의 화신이 되어 미친 듯이 뒤쫓아, 마치 사슴이라도 잡듯이 숲속으로 달아나는 인디언들을 덮쳐 쓰러뜨렸다. 이하트족에게는 최악의 날이었다. 생존한 인디언들은 그 지역 이곳저곳으로 뿔뿔이 흩어졌다. 그리고 일주일이 지난 뒤에야 마지막 생존자들이 낮은 계곡에 모여들어 죽은 자의 수를 확인했다. 벅은 추적에 지쳐, 황량한 야영지로 돌아왔다. 그는 담요를 두른 채 죽어 있는 피트를 발견했다. 기습을 당하자 채 움직이지도 못하고 그 자리에서 죽은 모양이었다. 하지만 손톤이 필사적으로 투쟁한 흔적은 땅 위에 고스란히 남아 있었다. 벅은 그 흔적을 일일이 냄새 맡아가며 쫓아갔다. 마침내 깊은 연못이 나타났다. 머리와 앞발을 물 속에 처박고 스킷이 그 연못가에 죽어 있었다. 스킷은 마지막까지 주인의 생명을 지키려 했던 것이다. 그 연못은 세광통〔洗鑛桶:구덩이 속에서 파낸 광석을 물에 깨끗이 씻어 흙과 잡물을 떨어내는 통〕들 때문에 흙탕물로 더러워져서, 물 속이 전혀 보이지 않았다. 그 물 속에 존 손톤의 시체가 잠겨 있는 게 분명했다. 손톤이 물속으로 들어간 흔적은 찾았지만 그 속에서 빠져나온 흔적은 찾을 수 없었기 때문이다.

벅은 하루 종일 연못가에서 생각에 잠기거나 야영지 주변을 초조하게 서성거렸다. 죽음이란 활동의 정지 상태이며 살아 있는 생명에게서 멀리 사라지는 것임을 벅은 알고 있었다. 또한 손톤이 죽었다는 것도 알았다. 그 사실은 커다란 공허감, 배고픔과도 같지만 아무리 먹어도 채워지지 않는 가슴이 쓰린 공허감을 남겼다. 벅은 이따금 멈춰 서서 이하트족의 시체를 보면서 그런 아픔을 잊었다. 그리고 그럴 때면 자신에 대한 커다란 자부심, 지금까지 느껴본 적이 없는 커다란 자부심이 샘솟았다. 그는 만물의 영장이라는 인간을 죽였고, 몽둥이와 엄니의 법칙에 정면으로 맞서 이겼다. 벅은 신기한 듯 시체 냄새를 맡았다. 인간들은 너무나 쉽게 죽었다. 그들을 죽이는 것이 허스키를 죽이는 것보다 오히려 쉬웠다. 활과 창과 몽둥이만 없으면 인간 따위는 그의 적수가 되지 못했다. 이제부터 벅은 인간들이 활과 창과 몽둥이만 쥐고 있지 않는 한 인간을 두려워하지 않을 것이다.

밤이 찾아왔고 둥근 달이 나무 위로 하늘 높이 떠올라 환하게 비추자 대지는 으스스하면서도 대낮처럼 밝았다. 연못가에 앉아 생각에 잠기고 슬픔에 젖었던 벅은 밤이 깊어지자, 이하트족 인디언들의 움직임과는 전혀 다른 새로운 생명의 움직임을 숲속에서 느꼈다. 그는 일어서서 귀를 기울이고 냄새를 맡았다. 저 멀리서 희미하지만 날카롭게 울부짖는 소리가 들려왔고 뒤이어 합창이라도 하듯 일제히 날카롭게 울부짖는 소리가 들려왔다. 순간순간 그 울부짖음은 더 가까워지고 커졌다. 벅은 그 울부짖음이 기억 속에서 사라지지 않고 남아 있는, 다른 세계에서 들었던 소리임을 직감했다. 벅은 빈 터 한가운데로 걸어가서 귀를 기울였다. 그 소리는 전에도 여러 번 들었던 자신을 부르는 소리였다. 지금 그 소리는 그 어느 때보다도 매혹적이고 강렬하게 울렸다. 그리고 전과는 달리 벅은 그 소리에 기꺼이 따를 준비가 되어 있었다. 손톤은 죽었다. 그로써 인간세계와의 마지막 끈도 끊어졌다. 인간도, 인간의 요구도 더는 벅을 구속하지 못했다.

이하트족 인디언들이 사냥할 때처럼, 이동하는 말코손바닥사슴 무리의 측면에 따라붙어 사냥을 하던 늑대 무리가 어느덧 개울이 많고 숲이 울창한 땅에서 분수령을 넘어 벅이 있는 계곡으로 침범해왔다. 그들은 달빛이 흐르는 빈 터로 은빛 물결을 이루며 밀려들었다. 그 빈 터 한가운데서 벅은 동상처럼 꼼짝 않고 서서 그들을 기다렸다. 늑대들은 거대한 덩치의 벅이 꼼짝 않고 가만히 서 있는 모습에 겁을 먹고는 잠시 주춤거렸다. 그러다가 그들 중 가장 대담한 놈이 곧장 벅에게 덤벼들었다. 벅이 번개같이 일격을 가하자 놈의 목이 부러졌다. 다음 순간, 벅은 조금 전처럼 또다시 꼼짝하지 않고 서 있었고 그의 등 뒤에선 목이 부러진 늑대가 고통으로 나뒹굴었다. 이번에는 다른 세 마리 늑대가 연달아 덤벼들었다. 그러나 그들은 차례로 목과 어깨를 물어뜯기고는 피를 흘리며 물러났다.

이제 놈들은 한꺼번에 덤벼들었다. 하지만 놈들은 저마다 적을 쓰러뜨리고야 말겠다는 열망으로 무턱대고 몰려들다 보니, 서로 뒤엉켜 진로가 막히며 혼란에 빠졌다. 벅의 놀라운 민첩함과 기민함은 늑대들을 상대하는 데 큰 도움이 되었다. 그는 뒷발에 힘을 싣고 이리저리 몸을 날리며 사방에서 물어뜯고 살을 찢어놓았다. 그러면서도 놈들이 좌우에서 달려들면, 아주 날렵하게 빙빙 돌면서 놈들의 공격을 막아냈다. 그때마다 벅이 정면으로 놈들에게 들이대면, 놈들은 결코 벅을 꺾을 수 없었다. 하지만 적들이 등 뒤에서 공격하지 못하게 하려고 물러나다 보니 연못을 지나 개울 바닥으로 내려가서 높은 자갈 둑을 등지고 서게 되었다. 그는 가장자리를 쭉 따라갔다. 사람들이 사금 채굴을 위해 파놓은 그 둑의 오른쪽 모퉁이에 이르자, 그곳에는 움푹 들어간 곳이 있었다. 그곳은 삼면이 막혀 있고 오직 정면만이 트여 있었다. 그곳으로 들어가니, 이제 그가 맞서 싸울 곳은 정면뿐이었다.

벅은 아주 잘 싸웠고 결국 30분 만에 늑대들은 패배하여 물러났다. 늑대들은 어느 놈 할 것 없이 모두 혀가 축 늘어졌고, 달빛에 비친 하얀 엄니가 잔인하게 빛났다. 어떤 놈들은 머리를 쳐들고 귀를 쫑긋 세운 채 누워 있었고, 어떤 놈들은 똑바로 선 채 벅을 물끄러미 지켜보았다. 그리고 어떤 놈들은 연못의 물을 핥아 먹었다. 키가 크고 비쩍 마른 회색 늑대 한 마리가 우호적인 태도로 조심스럽게 다가왔다. 벅은 그가 하루 동안 밤낮을 함께 달렸던 야생의 형제라는 것을 알아보았다. 그가 부드럽게 낑낑거리자 벅도 똑같이 낑낑거렸다. 그러곤 둘은 서로의 코를 비볐다.

그때 수척하고, 싸움으로 상처투성이가 된 늙은 늑대가 벅 앞으로 다가왔다. 벅은 입술을 일그러뜨리고 으르렁거리려 하다가 그와도 코를 맞대고 킁킁거리며 냄새를 맡았다. 그러자 늙은 늑대는 앉아서 달을 향해 코를 치켜들더니 길게 늑대 울음소리를 내질렀다. 다른 늑대들도 모두 앉아서 길게 울부짖었다. 이제야 비로소 벅은 자신을 부르는 소리의 정체가 무엇인지 분명히 알게 되었다. 그도 앉아서 길게 울부짖었다. 이윽고 늑대들과 벅은 울부짖음을 멈추었고 벅이 움푹 들어간 모퉁이에서 걸어나오자, 늑대들이 그에게 몰려들어 다정하면서도 거친 방법으로 코를 킁킁거리며 벅의 냄새를 맡았다. 우두머리들이 늑대 특유의 울음소리를 내지르고 숲속으로 뛰어들자 다른 늑대들도 일제히 울부짖은 후 그 뒤를 따랐다. 벅도 그들과 함께, 그리고 야생의 형제와 나란히 달리면서 울부짖었다.

벅의 이야기는 여기서 끝내는 것이 좋을 것 같다. 그로부터 몇 년이 지난 뒤, 이하트족 인디언들은 늑대의 혈통에 변화가 생긴 것을 발견했다. 늑대들 중에서 머리와 주둥이에 갈색 반점이 있고, 가슴 한가운데 하얀색 줄무늬가 있는 놈들이 나타난 것이다. 그런데 이하트족 인디언들의 말에 따르면, 이보다 더 놀라운 것은 늑대 무리의 선두에 서서 달리는 '유령 개'가 있다는 것이다. 이하트족은

이 '유령 개'를 두려워했다. 이 '유령 개'는 혹한이면 그들의 야영지에서 먹을 것을 훔치고, 덫에 걸린 사냥감을 가로채고, 개들을 죽이고, 아무리 용감한 사냥꾼이라도 당해낼 수가 없을 만큼 영리했기 때문이다. 그야말로 그 개는 이하트족 인디언들보다도 훨씬 더 영리했다.

아니, 이야기는 더욱더 심각해졌다. 야영지로 돌아오지 못하는 사냥꾼들도 있었고, 무참하게 목이 물어뜯긴 시체로 부족 사람들에게 발견되는 사냥꾼들도 있었다. 그런데 시체들 주위의 눈밭 위에는 그 어떤 늑대보다도 더 큰 늑대의 발자국이 찍혀 있었다. 매년 가을이 되면, 이하트족은 말코손바닥사슴 무리의 이동을 추적하는데, 그들이 절대로 들어가지 않는 계곡이 있었다. 그리고 이하트족 인디언들이 모닥불 곁에 둘러앉아, '악령'이 어떻게 해서 그 계곡에 살게 되었는지에 관한 이야기를 화제로 올릴 때면, 슬픔에 잠기는 여인들도 있었다.

그러나 이하트족 인디언들은 알지 못하지만 여름이 오면 그 계곡을 찾는 방문자가 있다. 그는 커다란 몸집에 화려하게 털이 난 늑대다. 그는 여느 다른 늑대들과 비슷해 보이지만, 실은 다르다. 그는 저편 울창한 숲에서 혼자 분수령을 넘어 나무들로 둘러싸인 빈 터로 내려온다. 이곳에 있는 썩은 말코손바닥사슴 가죽 자루들에서는 누런 황금빛 물이 흘러나와 키 큰 풀과 이끼가 무성한 땅바닥에 스며들고, 무성한 풀과 이끼는 태양에게서 그 황금빛 물의 흐름을 가린다. 그는 이곳에서 한동안 생각에 잠겼다가 길고 애처롭게 한 번 울부짖고는 떠난다.

　그러나 그가 늘 혼자 있는 것만은 아니다. 기나긴 겨울밤이 찾아와서, 늑대들이 먹이를 찾아 낮은 계곡으로 내려올 때면, 창백한 달빛이나 희미하게 명멸하는 북극광 아래 무리의 선두에 서서 달리는 그의 모습을 볼 수 있다. 거인처럼 그의 동족들보다 훨씬 높게 도약하고, 가슴 깊숙이에서 터져나오는 우렁찬 원시의 노래, 늑대족의 노래를 울부짖는 그의 모습을.

해설

1. 잭 런던의 삶과 문학

나는 먼지가 되느니 차라리 재가 되리라!

내 생명의 불꽃이 메마른 부패로 꺼지게 하느니

찬란한 빛으로 타오르게 하리라.

죽은 듯이 영구히 사는 별이 되느니

내 모든 원자가 밝게 타오르는 화려한 유성이 되리라.

인간의 진정한 소임은 존재하는 것이 아니라, 생존하는 것이다.

나는 삶을 낭비하면서까지 내 삶을 연장하려 하지 않을 것이다.

나는 내게 주어진 시간을 활용할 것이다.

— 잭 런던

죽기 두 달 전에 친구들에게 유언과도 같이 남긴 그의 '신조'처럼 잭 런던은 40년이라는 길지 않은 생을 사는 동안에, 그의 모든 원자가 밝게 타오르는 화려한 유성 같은 삶을 살았다. 그는 공장 노동자, 굴 해적꾼, 바다표범잡이 선원, 부랑자, 알래스카 노다지꾼,

155

사회주의자, 작가 등 다채로운 삶을 살았다. 그는 사회주의자로서 사회 정의의 실현과 열렬한 개인주의자로서 개인적인 욕망 사이에서 끊임없이 갈등하면서, 자본주의 사회의 모순을 폭로하는, 사회주의적 비전이 돋보이는 소설을 쓰는가 하면, 다윈과 스펜서의 영향을 받은 사회진화론이나 니체의 영향을 받은 위버멘쉬[Ubermensch : 그동안 학계에서 초인으로 표기되었으나, 최근 들어 원어 발음대로 위버멘쉬로 표기한다. 위버멘쉬는 초월적 존재나 슈퍼맨 같은 초인적인 존재가 아니라 인간을 넘어서는, 지속적으로 자기 자신을 극복하는 행위를 상징하는 개념, 또는 그런 인간형을 의미한다] 사상을 담은 모험소설을 쓰곤 했다. 그는 무자비한 자본가의 횡포와 노동자가 처한 비참한 현실에 분노하면서도 노동자를 신뢰하지 않았고, 사회주의자를 자처하며 사회 변혁의 필요성을 느끼면서도 다윈의 진화론과 그것을 인간 사회에 적용시킨 스펜서의 사회진화론을 신봉하고 적자생존의 법칙을 진리로 받아들였다. 그리고 기존 체제 내에서의 성공으로 자신이 강자임을 증명해 보이고 싶어 했다. 이처럼 그는 여러 가지 점에서 모순된 면모를 보였지만, 사회주의적인 비전이 돋보이는 작품이건 적자생존의 논리 속에서 생존을 위한 투쟁을 그린 작품이건 언제나 불꽃 같은 치열한 삶 속에서 작품을 썼다.

잭 런던은 자본가와 노동자가 극심하게 대립하던 1876년 1월 12일에 미국 캘리포니아 주 샌프란시스코에서 태어났다. 어머니 플로라 웰맨(Flora Wellman)은 중산층 출신으로, 스물다섯 살에 점성술

사인 윌리엄 체니(William Chaney)와 잠시 동거하던 중에 런던을 임신한다. 하지만 런던을 자신의 자식으로 인정하지 않는 체니에게서 버림받은 그녀는 런던을 낳은 지 8개월 후에 두 딸을 둔 마흔이 넘은 홀아비 존 런던(John London)과 결혼했고 런던은 의붓아버지 밑에서 자란다. 존 런던은 본래 목수였으나, 결혼 후 재봉틀 장사를 하다 잘 안 되어 잡화상을 차렸고 그마저 망하여 농사를 지었는데, 어느 날 땅투기에 손을 댔다가 거의 모든 재산을 날린다. 이후, 집을 세내어 여공들을 하숙시켰지만, 은행 빚만 지고 만다. 이때부터 그는 채소장수, 야경꾼, 순경 등 여러 일을 전전하며 근근이 생계를 꾸려간다. 사정이 이렇다 보니, 런던은 어릴 적부터 가족의 생계를 보조하려고 신문배달을 하고 아이스크림 장사를 했다. 그러던 중 가정불화가 점점 심해지자, 그는 오클랜드 공립도서관을 도피처로 삼는다. 그때 그곳에서 사서인 이나 쿨브리스(Ina Coolbrith : 런던이 '문학의 어머니'라고 불렀던 그녀는 시인이기도 했는데, 이후 캘리포니아대학의 평의원이 부여하는 캘리포니아의 첫 계관시인이 된다)를 만나게 되는데, 그녀는 런던에게 모험소설과 여행기들뿐만 아니라 플로베르, 멜빌, 톨스토이, 도스토옙스키 등의 작품들을 소개해주고 스스로 공부할 수 있도록 도와준다. 이처럼 그의 정신적 스승이 된 이나 쿨브리스와 만남은 런던이 문학에 관심을 가지게 된 결정적인 사건이었다.

하지만 집안사정이 더욱더 어려워지자, 그는 열세 살에 초등학교를 마치고 본격적으로 노동에 뛰어들어 밑바닥 생활을 한다. 그는

157

통조림 공장에서 시간당 10센트 받는 일을 하다가 샌프란시스코 해안에 늘어선 굴 양식장에서 굴을 훔쳐 오클랜드의 어시장에 내다 파는 굴 해적질을 하기에 이른다. 그러던 중 경찰의 눈에 띄어, 경찰 밑에서 어업 감시원으로 일하기도 한다. 그때의 경험을 바탕으로 1905년에 쓴 작품이 《어업 감시원의 이야기(Tales of FishPatrol)》이다.

이후 그 일을 그만두고 1893년 1월에 바다표범잡이 배, '소피 서덜랜드(Sophie Sutherland)'호 선원이 되어 7개월간 태평양 북서부 수역의 조업에 참여한다. 이때의 체험을 바탕으로 쓴 작품이 1904년에 발표한 해양소설, 《바다늑대(The Sea Wolf)》다. 다윈과 스펜서의 진화론, 니체의 위버멘쉬 사상, 쇼펜하우어의 염세주의가 스며 있는 이 작품은 범선 항해와 바다 체험을 생생히, 그리고 거친 바다에 떠 있는 바다표범잡이 배 '고스트'호를 적자생존의 법칙이 지배하는 사회의 축소판으로 형상화하면서, 위버멘쉬 같은 존재가 되고자 했던 울프 선장의 격정적인 이야기를 드라마틱하게 펼쳐 보인다.

런던은 항해를 마치고 돌아와 황마 공장에서 하루 열 시간 노동에 임금 1달러를 받는 일자리를 얻는다. 그리고 이 시절에 《일본 해안의 태풍(Typhoon of the Coast of Japan)》이라는 단편으로 《샌프란시스코 콜(San Francisco Call)》지가 주최한 현상공모에 당선되어 상금 25달러를 받는다. 이에 고무된 런던은 일을 마치고 밤에 열심히 글을 쓰기 시작한다. 그렇게 쓴 글을 여러 신문과 잡지에 보냈지만 답장을 받지는 못했다.

그 후 그는 철도국 전기기술자 양성코스에 들어갔지만 탄부로 혹사만 당하다가, 자신 때문에 해고된 동료의 자살에 충격을 받고 그 일을 그만둔다. 그러곤 실업자들의 항의 행진에 가담하면서 부랑자 생활을 한다. 그는 무임승차로 미국을 횡단하면서 노동자들의 비참한 현실과 자본주의 체제의 모순을 목격하고 사회의식에 눈을 뜨게 된다. 1907년에 발표한 《길(The Road)》에는 그의 부랑자 생활이 생생히 그려져 있다. 이때의 체험은 이후 그가 사회주의자가 되는 계기가 된다. 자유로운 삶과 개척정신에 입각한 낙관주의에 빠져 있던 그는 부랑자 생활을 하면서 사회의 나락을 생생히 체험하고는 현 체제 하에서는 노동자의 비참한 현실이 바뀔 수 없으리라는 것을 깨닫는다.

그는 《나는 어떻게 사회주의자가 되었는가(How I Became a Socialist)》(1903)라는 글에서 부랑자 생활 이후 사회주의자가 된 배경을 말한다.

나는 그저 새로운 이름을 부여받은 것이 아니라 새로이 태어난 것이다……. 나는 캘리포니아로 돌아와서 책을 읽기 시작했다. 무슨 책부터 읽었는지 기억하지 못하지만 그 구체적인 내용은 중요하지 않다. 나는 이미 '무엇'인가가 되어 있었고 책들을 통해 그 '무엇'이 바로 사회주의자라는 것을 알게 됐다. 그때부터 나는 많은 책을 읽었으나 어떤 경제학적 주장보다, 사회주의의 논리성과 필연성에 관한 어떤 명철한 증명보다 나에게 깊고 확고한 영향을 미쳤던 것은, 어느 날 처음으로 내 주변을 높이 둘러싼 사회의 나락의 벽을 목격하고 나 자신이 그 밑바닥의 도살장으로 끝없이 미끄러지고 있음을 느꼈던 경험이었다.

런던은 교육의 필요성을 느껴 1895년에 고등학교에 입학해 1년 만에 학업을 마치고 캘리포니아의 버클리대학에 들어갔지만, 학비 문제로 1년 만에 그만둔다. 이 무렵 그는 여러 편의 논문과 단편소설을 발표하기도 하고, 사회노동당에 입당해 오클랜드 시장후보로 나서기도 하고 여러 사회주의 집회에 참석하기도 한다.

이처럼 부랑자 생활 이후 꾸준히 관심을 가지고 있던 사회주의 사상이 가장 잘 나타난 작품은 1903년에 출간한 르포《밑바닥 사람들(The People of the Abyss)》과 1908년에 발표한《강철 군화(The Iron Heel)》다.《밑바닥 사람들》은 런던이 1902년 7월에 런던 시의 이스트엔드 구역의 슬럼가에 선원으로 위장하고 들어가 6주간 하층민 세계를 경험하고서 쓴 소설 형식의 사회 르포다. 그는 이 작품에서 정부 보고서와 사회학적 논문들과 통계 자료를 인용하면서 이스트엔드 밑바닥 사람들이 겪는 인간 도살장과 같은 굴욕적인 참혹한 현실과 굶주린 경제적 참상을 생생히 고발한다. 한편 마르크스의《자본론》을 기초하여 쓴 예언적인, 강렬한 사회주의 소설《강철군

화》는 사회주의 혁명가 어니스트 에버하드라는 인물이 겪는 격정적인 삶의 이야기를 통해 당시 미국 사회가 처한 노동 대중의 비참한 현실과 자본의 비대화 등 자본주의의 모순을 신랄하게 비판하고, 파시즘의 새로운 형태인 독점 대재벌의 과두체제와 노동귀족 등을 예언적으로 그려낸다.

사회주의적인 사상과 더불어 그의 마음을 지배했던 사상은 사회진화론인데, 그런 사고를 더욱 굳건히 해주고 그의 작품에 결정적인 영향을 미친 것이 그가 알래스카에서 겪은 체험이다. 그는 대학을 그만둔 후에 한동안 세탁소에서 하던 일을 접고, 금광 붐이 일던 알래스카로 떠났으나 노다지의 행운은 얻지 못하고 병만 얻은 채 돌아온다. 하지만 그가 체험한 눈 덮인 혹독한 대자연과 그곳에서 만난 다양한 부류의 사람들에게 들은 이야기는 그가 작가로 성공하는 데 큰 밑거름이 된다.

그는 자신이 체험한 혹독한 자연환경은 생존투쟁의 장이며, 그곳의 지배적인 논리는 적자생존의 법칙이라고 생각했다. 결국 그는 자연과 우주는 진화론의 법칙이 지배한다고 생각했다. 그는 사회주의자를 자처하면서도 스펜서의 생각을 받아들였다. 적자생존은 보통 자유경쟁, 경제적 자유방임으로 전용되어 자본의 논리를 정당화하곤 하는데도 사회주의 사상을 가진 런던이 사회진화론에 사로잡힐 수 있었던 것은 스펜서의 뜻에 따랐기 때문이다. 런던에게 사회발전은 스펜서의 생각처럼 생존경쟁에서 얻어진 적응의 결과물인 도덕성이 다음 세대로 유전되어 진화, 발전하는 것이다. 그리고 그러한 도덕성에 바탕을 두고 사회제도가 형성되면 인간은 그 제도에 적응하는데, 인간 행동이나 사회정의의 도덕적 기준은 한 개체와 종에 얼마나 유용한가에 달려 있다. 결국 런던은 생존을 위한 투쟁이 삶의 바탕이며 진보라고 보았다. 그는 강자가 약자를 도와주어야 하고, 강자가 약자에게 자신의 힘을 나눠주어야 한다는 것을 깨닫기만 하면, 사회정의가 실현될 것이라고 믿었다. 이런 점에서 그가 생각한 사회변혁은 지식인들에 의해 주도되는 이른바 '위로부터의 혁명'이었다.

아무튼 알래스카 체험을 바탕으로 런던은 《북쪽 땅의 오디세이(The Odyssey of the North)》(1899), 《늑대의 아들(A Son of the Wolf)》(1990), 《야성의 부름(The Call of the Wild)》(1903), 《하얀 엄니(White Fang)》(1906) 등 다윈과 스펜서, 또는 니체의 영향을 받은 여러 작품을 발표한다. 특히 〈야성의 부름〉이 엄청난 성공을 거두면서 런던은 세계적으로 인기 있는 유명작가가 되고, 이후 그의 많은 작품들이 영화화되면서 돈과 명예를 동시에 얻는다. 이로써 사회 진화론을 숭배하던 그는 작가로서의 성공을 통해, 자신이 강한 자라는 것을 증명하게 된 것이다.

그 사이에 런던은 배시 매던(bessie Maddern)과 결혼해 두 딸을 낳았지만 이혼하고 차미언 키트리지(Charmian Kittredge)와 재혼한다. 그러곤 1907년에 직접 설계한 '스나크'호를 타고 아내와 함께 7

년을 기한으로 세계 일주 항해를 떠난다. 하지만 항해는 건강상의 문제로 27개월 만에 끝난다.

그 항해 중에 그는 자전적인 소설인 《마틴 에덴(Martin Eden)》을 집필한다. 이 작품은 런던 자신을 대변하는 마틴이라는 인물이 온갖 역경 끝에 작가로 성공하지만 계급 간의 모순과 갈등이 표면화된 사랑에 회의감을 느끼고, 끝내는 자살로 생을 마감한다는 내용이다. 이 작품 이후로 런던은 점차 사회적 사명감을 상실하고, 정치적·사회적 활동에서 멀어지면서 회의주의에 빠져드는가 하면, 스스로를 불편하게 만드는 모순으로 가득한 현실에서 도피하고자 했다. 그는 이미 노동자 계층과는 멀어지고, 문학과 예술과 교양을 갖춘 여인 루스와 부르주아 문화의 찬란한 외양에 반해버린 마틴이 되어 있었다. 자신이 처한 상황 때문에 회의감에 젖은 마틴은 자살로 끝을 맺지만 런던은 현실을 회피하고 현실에서 도피하고자 했다.

그는 캘리포니아의 글렌 엘렌이라는 작은 마을에서 농장을 가꾸며 은둔생활을 시작한다. 하지만 펜만은 놓지 않는다. 몇 년 사이에 항해여행의 체험을 바탕으로 한 《모험(Adventure)》(1911), 《스나크호의 항해(The Cruise of the Snark)》(1911), 《남양이야기(South Sea Tales)》(1911) 등의 작품과 주인공이 목가적인 환경에서 새로운 삶을 찾는 내용을 그린 《버닝 데이라이트(Burning Daylight)》(1910), 《달의 계곡(The Valley of the Moon)》(1914) 등의 작품을 썼다. 그리고 이 무렵 집단농장을 계획하고 1910년에 농장센터 건물인 울프 하우스(Wolf House) 건립에 착수한다. 하지만 그 건물은 완성 직전인 1913년 8월 22일에 원인 모를 화재로 전소되고 만다. 그 밖에 돼지와 염소와 말을 키우고 유칼리나무를 재배하는 등 다양하게 농업에 손을 대지만 모두 실패로 끝나고 만다.

그는 잇단 농업의 실패와 심한 낭비벽으로 거의 모든 돈을 잃고 나서 오로지 돈벌이를 위해 글을 쓰다가 1916년 11월 22일에 마틴처럼 스스로 목숨을 끊는다. 공식적인 사망 원인은 요독증이지만, 모르핀을 과도하게 이용해서 자살한 것으로 알려져 있다.

2. 《야성의 부름》

《야성의 부름》은 알래스카의 클론다이크를 배경으로 한 다른 작품들처럼 다윈의 진화론, 스펜서의 사회진화론과 함께 니체의 위버멘쉬 사상의 영향을 받은 작품이다.

런던이 문학 작품 속에서 그리는 황량한 알래스카의 대자연은 문명의 가치는 아무런 의미가 없는 생존을 위한 투쟁의 장이자, 죽음에 대한 원초적인 두려움과 맞서게 하면서 잠자는 가장 근본적인 본능을 일깨우고 불멸에의 동경으로 이끄는 매혹적인 도전의 대상이었다. 《야성의 부름》은 바로 그런 알래스카에서 '벅'이라는 개가 겪는 생존을 위한 투쟁을 냉정한 시선으로 생생히 그리는 가운데, 고양된 야성과 반항을 찬양한다.

따뜻한 남쪽 지방의 편안하고 안락한 분위기 속에서 문명에 길들여진 채 사람들의 귀여움을 받고 살던 벅은 어느 날 갑자기 북쪽 땅 알래스카의 썰매 개로 팔려간다. 그곳에서 그는 빨간 스웨터 차림 사나이가 휘두르는 몽둥이에 얻어맞고, 야생 개들의 목숨을 건 사투를 목격하고는 그곳은 법과 질서와 도덕과 윤리 등 기존의 문명의 가치가 통하지 않고 선악의 구분이 없는, 오로지 몽둥이와 엄니의 법칙, 적자생존의 법칙이 지배하는 세계라는 것을 깨닫는다. 그는 차츰 그러한 법칙을 내면화하면서 야성에 눈뜬다. 그는 다양한 개들과 함께 죽음의 위험을 무릅쓰고 썰매를 끌었고 그러는 동안 동료 개들의 죽음을 목격하고, 추위와 맞서며 생존하는 방법, 싸움에서 승리하고 우두머리가 되는 방법을 터득한다. 런던은 알래스카의 거친 자연 풍광을 배경으로 문명의 옷을 벗고 본능에 눈을 떠가는 개들의 시각에서 생생하고 흥미진진하게 그 과정을 그려낸다.

《야성의 부름》은 개들의 이야기지만, 그 이야기를 이끄는 각각의 개들은 사람들을 연상시킨다. 그 개들은 거친 바다 위에 떠 있는 '고스트'호의 선원들처럼, 설원에서 생존을 위해 투쟁을 벌인다. 그런 투쟁 속에서도 죽어가면서까지 썰매를 끌려는 데이브의 가련한 모습과 저마다 썰매를 끄는 것에 대단한 자부심을 가지고 혼신을 다해 썰매를 끄는 개들의 모습에서 숭고함마저 느껴진다. 하지만 벅의 야성 본능과 무한한 자유에의 동경은 그 숭고함을 넘어선다. 벅은 동료 개들과 달리 썰매 개로서의 삶에 머무는 것에 만족하지 않는다. 만일 그가 반항하지 않고 동료들처럼 썰매 개로 계속 남아 있었다면, 동료들처럼 얼음이 녹은 강물에 빠져 죽었을 것이다.

　결국 벅은 썰매 장비를 벗어버린다. 그리고 자신을 구해준 손톤을 지극히 사랑하지만, 그의 곁을 떠나 핏속에 흐르는 원시 야생에 대한 기억을 되살리고 숲에서 들려오는 야성의 소리에 귀를 기울인다. 주변에서 생동감이 넘치는 새로운 생명의 기운을 느낀다. 그리고 마침내 손톤의 죽음과 함께 인간 세계, 문명과 완전히 절연하고, 원시 세계의 야성의 존재가 된다. 그는 인간은 물론 늑대들과의 싸움에서도 승리한다. 이미 그는 문명의 윤리와 도덕으로 판단할 수 없는, 그 누구도 구속할 수 없는 존재가 되어 있었다. 그는 문명의 옷을 벗어버리고 적자생존의 법칙이 지배하는 알래스카의 혹독한 환경을 극복하는, 문명에 길들여진 개는 물론이고 유전으로 내려온 늑대조차 극복하고 넘어서는 유령 개로 변신한 것이다. 아마 런던은 위버멘쉬를 동경하며 벅의 모습에서 이상적인 인간형, '위버멘쉬'적인 인간형을 꿈꾸었는지도 모른다. 아니, 어쩌면 스펜서의 사상을 신봉한 런던으로서는 니체의 개념과는 무관하게 위버멘쉬 이상의 초월적 존재, 초인(superman)을 꿈꾸었는지도 모른다.

　벅이 창백한 달빛 아래, 늑대 무리의 선두에 서서 달리는 모습을, 늑대처럼 원시의 노래를 울부짖는 모습을 상상하다 보면, 어느 순간 온몸에 전율이 흐른다.

옮긴이 **임종기**

1970년 당진에서 태어났다.
서강대학교 대학원에서 사회학을 전공했다.
2006년 현재 웹진 〈리얼판타〉의 편집주간으로 활동하면서
장르 문학에 대한 비평과 번역을 꾸준히 하고 있다.
지은 책으로《SF부족들의 새로운 문학 혁명, SF의 탄생과 비상》이 있으며,
옮긴 책으로《우주전쟁》,《철학적 탐구》,《바로크 사이클》,
《타임머신》등이 있다.

야성의 부름

1판 1쇄 발행 2008년 1월 10일
2판 1쇄 발행 2010년 2월 25일
2판 5쇄 발행 2022년 7월 1일

지은이 잭 런던 | 옮긴이 임종기
펴낸곳 (주)문예출판사 | 펴낸이 전준배
출판등록 2004. 02. 12. 제 2013-000360호 (1966. 12. 2. 제 1-134호)
주소 03992 서울시 마포구 월드컵북로 6길 30
전화 393-5681 | 팩스 393-5685
홈페이지 www.moonye.com | 블로그 blog.naver.com/imoonye
페이스북 www.facebook.com/moonyepublishing | 이메일 info@moonye.com

ISBN 978-89-310-0668-1 03840

◦ 잘못 만든 책은 구입하신 서점에서 바꿔드립니다.

문예출판사® 상표등록 제 40-0833187호, 제 41-0200044호

■ 문예 세계문학선

★ 서울대, 연세대, 고려대 필독 권장도서   ▲ 미국 대학위원회 추천도서
● 《타임》 선정 현대 100대 영문 소설   ▽ 《뉴스위크》 선정 세계 100대 명저

(뒷면 계속)